감정수업

감
정
수
업

초판 1쇄 발행 2019년 7월 24일
초판 7쇄 발행 2022년 10월 27일

지은이 성호승

발행인 장상진
발행처 (주)경향비피
등록번호 제2012-000228호
등록일자 2012년 7월 2일

주소 서울시 영등포구 양평동 2가 37-1번지 동아프라임밸리 507-508호
전화 1644-5613 | **팩스** 02) 304-5613

© 성호승

ISBN 978-89-6952-347-1 03810

감정 수업

성호승 지음

경향BP

나는 평범한 사람이다

나는 어렸을 때부터 똑 부러지게 말하는 것과 예쁘장한 얼굴 덕분에 남녀노소 구분 없이 주변 모두에게 사랑을 받았다. 그렇게 모난 소리 한 번 없이 귀하게 자라서 그런 것일까 근자감이라는 근자감은 다 가지고 살았던 거 같다. 학창시절 공부가 그렇게 싫었던 나를 나무라는 엄마가 너무나도 싫었다. 그저 예뻐만 하시던 시절과 달리 갑작스러운 환경 변화에 속앓이가 심했다.

학교 성적이 좋지 않으면 공부하는 시간이 늘어났고, 성적이 좋으면 가지고 싶었던 것들을 가질 수 있었다. 어떤 것이든지 잘해야만 내가 좋아하는 것들을 누리며 살았던 거 같다. 이것이 세상 이치일까?

삶은 결국 겪는 것에 따라 달라진다.

군대에 갔을 때도 그랬다. 하루도 빠짐없이 폭언과 폭력에 시달렸다. '나는 그러지 말아야지.' 하면서도 결국 똑같이 늦게 들어온 후임들에게 폭언과 폭력을 행사했다. 웃기게도 마지막엔 누군가에는 좋은 사람이 되어 있었고, 다른 누군가에게는 쓰레기가 되어 있었다. 그 이후 모든 사람에게 나쁜 사람, 못난 사람으로 남겨지고 싶지 않아 여러 번 직장을 옮겨 다니면서도 사람들에게 좋은 사람으로 남으려고 항상 노력했던 거 같다.

내가 SNS에 글을 올리게 된 이유는 딱 한 가지다.
누구에게도 털어놓을 수 없었던 나의 속마음을 써서 표현하기 위해서였다. 사랑을 하고 이별을 했을 때에도 누군가와 술을 먹기보다는 글로 나를 더 위로했다. 외롭게 산다는 표현이 맞는 거 같기도 하지만 글을 쓰는 것이 유일하게 스트레스를 푸는 방법이었다. 그러다 팔로워가 많아졌다. 지인들을 통해 듣기도 했고, 지나가다 나를 알아보는 사람까지 생겼다. 신기했다. 나의 친구들은 내가 글을 쓰는 것이 신기하다고 말한다. "그렇게 감성적이라고, 네가?" 당연한 결과였다. 나는 주변 사람들에게 아픔을 티내지 않았으니까.

사랑 또한 마찬가지다. 나는 작가 성호승이기 이전에 그냥 평범한 성호승이라는 사람일 뿐이다. 작가라는 이유로 따뜻한 말과 넓은 포용력을 기대했다면 말도 안 되는 소리다. 다른 기대를 품고 만나니 나를 만날 때마다 늘어나는 건 실망뿐이었다. 그 이후로 사람 만나기가 두려웠다. 욕을 들어도 참아야 했고, 나쁜 사람이라는 소리를 들어도 방관해야만 했다. 그래서 더더욱 누구에게든 상처 주는 일이 무섭고 두려웠다.

29년을 살아오면서 힘든 일들을 누군가에게 말해보려고 한 적도 있었다. 하지만 돌아오는 대답은 "걱정하지 마라, 너는 잘될 거야."였다. 나는 단 한 명도 실망시키면 안 되는 그런 사람이었다. 괜찮은 척 흉내를 내는 것뿐. 모든 사람에게 좋은 사람으로 남고자 노력만 했을 뿐. 내가 무엇을 잘하는지, 무엇을 할 때 행복한지, 어떤 것이 사랑인지 아직 아무것도 모른다. 심지어 누군가에게 좋은 감정을 표현하는 방법도 모른다. 이런 내가 어떻게 글을 쓴다고 떳떳하게 말을 할 수 있을까. 많이 부족한 내가 글을 써서 사람들에게 보여주는 것이 미안할 따름이다. 그런 내 마음을 조금은 달래보자는 마음으로 이렇게 글을 쓴다. '작가 성호승이라는 사람도 그냥 평범한 사람이구나.'라고 생각했으면 해서.

○

어쩌면 꽃은 시들어가는 것조차
아름다운 것일지도 모른다.
나를 사랑하기 시작하면 보이는
것까지 달라지는 것처럼.

○
목
차

내가 꼭 지켜야 할 것들. 성호승

· 기분이 태도가 되어서는 안된다.

· 말을 함부로 하지 마라 그것은 곧 약점이 된다.

· 인간관계에 얽매이지 마라
  갈 사람들은 가고, 올 사람들은 온다.

· 거짓말을 하지 마라
  믿음이 깨지면 다시 되찾기 힘들다.

· 사랑을 할때 지치고 힘들면 그만해라.
  사랑의 기준은 나의 행복이다.

· 자존감을 낮추지 마라
  나는 정말 소중한 사람이다.

사랑에 앞서

사람과의 만남에 있어 좋음과 싫음을 정확히 하고, 사람이 좋다고 나의 모습을 잃지 않으며, 서두르지 않고 천천히 상대방을 알아가 볼 것. 믿음을 주지 않는 사람에게 감정 소비를 하지 않고, 빈틈없이 표현해주는 사람과 사계절을 걸을 것. 사랑엔 주는 것과 받는 것이 공존해야 하며, 상대방이 해주는 것에 대해 당연하게 생각하지 않을 것.

이별했다고 바닥을 보이지 않으며, 금방 잊고 싶어 커다랗게 생긴 멍을 스스로 짓누르지 않을 것. 사람에게 받은 상처를 나의 잘못이라며 자책하거나 나를 미워하지 않으며, 돌아오지 않을 사람에 미련을 두지 않을 것. 혼자 있는 시간을 헛되이 보내지 않고, 나를 사랑하는 시간을 가지며 자존감을 올릴 것. 충분히 나를 사랑할 때 나의 가치를 알아주는 사람을 만나 상처 없는 듯 모두를 사랑할 것.

담백하게
살아갈 것

사람은 절대 완벽할 수 없고, 좋은 말만 듣고 살 수 없으니 때로는 누 군가에게 미움을 받더라도 두려워하지 말 것. 타인의 시선을 피해 고 개를 돌리지 않고, 스스로를 더 의지하며 담담하게 걸을 것. 좋은 사 람인 거 같다며 쉽게 속을 다 보여주지 말고, 적당히 거리를 두며 마주 할 것. 누군가와 마음이 오고 가는 것에 대해 깊게 생각하지 않고, 설 렘이 요동칠 때는 있는 그대로 그 사람을 거짓 없이 바라볼 것. 잡고 있던 손을 놓아 떠나가는 사람이 있거든 바보처럼 혼자 아파하지 말 고 미련 없이 함께 떠나갈 것. 아픔을 쉽게 잊으려고 하지 말고, 충분 히 시간을 주며 누구보다 나를 기다려 줄 것. 삶을 살아가는 데 있어 나에게 너무 부족하지 않고, 남에게 너무 과하지 않게, 적당히 담백하 게 살아갈 것.

행복의 기준

생각을 해보면 누군가가 행복하냐고 물어봤을 때, 1초의 망설임도 없이 행복하다고 대답했던 적이 없었던 것 같다.

여느 때처럼 SNS 방송을 통해 독자들과 대화를 나누고 있었다.
어느 독자분이 물었다. "작가님, 작가님은 행복이 뭐라고 생각하세요?"
그분은 다른 독자와 달리 본인의 고민을 얘기하기보다 나에게 질문을 건넸다. 나는 그 질문을 읽고 1분여간 아무 말도 하지 못했다.

이렇게 글을 써서 남들에게 위안을 준다고는 하지만 감정 소모와 인간관계를 다룬 내용일 뿐 정작 행복에 대한 예시는 단 하나도 말하지 못했다.
행복은 과연 무엇일까? 나는 무엇을 해야 행복한 걸까? 답은 없었다.

'언제가 가장 행복했을까?'라는 생각에 나는 몇 가지를 공책에 적었다. 친구들과 놀고 있을 때, 바다를 보며 커피를 마실 때, 예쁜 옷을 샀을 때, 유니크한 신발을 샀을 때, 부모님과 밥을 먹을 때, 일본 애니메이션 명작을 볼 때, 스스로 돈을 벌었을 때, 사고 싶은 차를 샀을 때, 하는 일이 잘될 때.

막상 적어놓은 것을 들여다보니까 별거 없었다. 행복이라는 것이 거창해야만 행복이 아니라는 것을 알 수 있었다.
하루를 보내면서 나는 지치고 힘들다는 이유로 우울해했고, 마음이 온종일 스트레스와 걱정거리들에 치우쳐 있다 보니 다가오는 행복마저 무시했던 것 같다.
사실 행복이라는 것은 사소한 것을 받아들이는 것에서부터 시작이다.

그 여자의 사랑

20대 초반. 연애 경험은 적지 않다. 하지만 진짜 사랑은 해보지 못한 거 같다. 연애를 하면 왜 다 짧게 만나고 헤어지는 걸까? 못나서일까? 부족한 게 많아서일까? 이런 나를 사랑해주는 사람이 언젠가는 나타나겠지?

나는 요즘 친구 만나는 것이 제일 행복하다. 그래서인지 평일, 주말 상관없이 만나서 술을 마시고는 했다. 한 날 아끼는 친구가 예쁜 칵테일집이 있다며 나를 불러냈다. 우리는 메시지도 많이 주고받지만 만나서도 할 말이 참 많다. 칵테일을 마시던 도중 친구가 나에게 물었다 "아는 오빠가 잠시 온다고 하는데 함께 자리에 앉아도 돼?" 뭐 소개받는 자리도 아니고, 잘 보여야 되는 자리가 아니어서 흔쾌히 괜찮다고 말을 했다. 잠시 뒤 그 오빠라는 사람이 왔다. 나도 모르게 자연스럽게 그 사람을 한 번 훑어보았다. 잘생긴 편도 아니었고, 키가 훤칠하게 큰 것도 아니었다. 내가 원하던 이상형은 아니지만 말하는 것과 웃는 모습은 참 예쁜 사람이라고 생각했다. 다음 날 술자리에서 잠시 봤던 그 오빠가 나를 소개받고 싶다고 친구에게 말을 했단다. 친구는 좋은 사람이라며 한번 만나보라 권했다. 첫인상이 나쁜 편은 아니었고 연락하는 사람도 없고 해서 겸사겸사 한 번 만나보기로 했다.

"안녕하세요? 술집에서 만났던." "아, 네. 안녕하세요."
어색함이 맴도는 메시지를 오빠라는 사람이 나에게 끝없이 건네고 하나씩 궁금한 점을 물어봤다. 역시 소개받는 건 나랑 맞지 않은가 보다. 그래도 친구에게 미안한 마음과 그 사람에 대한 예의 때문에 한번쯤은 만나봐야 된다고 생각했다. 주말에 보자고 약속을 잡았다. 그 오빠라는 사람과 잘되지 않아도 괜찮다는 친구의 말에 더 부담 없이 만날 수 있었던 거 같다. "나 누구한테 번호 달라고 하는 거 네가 처음이야." 웃기고 있다. 믿지는 않았지만 그냥 웃으면서 그러냐고 대답하고 넘겼다. 그는 맛있는 밥집을 안다며 나를 데리고 갔다. 분위기도 예뻤고, 식사도 꽤나 마음에 들었다. 식사 후 커피를 마시며 시답지 않은 대화가 오고 갔지만 웃음 또한 끊이지 않았던 거 같다. 밤늦은 시간이 돼서야 혼자 가면 위험하다고 나를 집까지 데려다주었다. 친구의 친한 오빠라고는 하지만 아직은 낯설어 집을 가르쳐주지는 않았고, 근처에 내려 걸어가기로 했다. 집으로 들어가려고 하는데 멀찌감치 떨어져 내가 들어갈 때까지 지켜보며 기다리는 그가 보였다. 나도 모르게 입가에 미소를 띠었다. 이상형은 아니었지만 왠지 좋은 기분이 들었다.

"오늘 고마웠어요. 조심히 들어가세요." 먼저 짧은 메시지를 보냈다. 그 사람은 내가 메시지를 먼저 보낸 것에 기분이 좋았나 보다. 방금 보고 집에 왔는데 벌써 보고 싶다고 답장이 온 것이다. 괜스레 얼굴이 붉어진다. 이 사람을 더 알아보고 싶어졌다. 그 이후 우리는 밤마다 아파트 불이 다 꺼질 때까지 통화를 했고, 그는 시킨 것도 아닌데 바쁘면 바쁘다, 연락이 늦으면 늦을 거다, 친구들을 만나러 간다 등등 하나씩 본인의 일상을 얘기하기 시작했고, 거기에 맞춰 천천히 나의 일상도 공유하기 시작했다. 그렇게 화창한 주말이 찾아왔고 우리는 다른 연인들처럼 영화도 보고, 밥도 먹고, 예쁜 카페에도 갔다. 기본적인 것들이지만 이 사람과 함께하니 하루가 너무 즐거웠다. 그렇게 4~5번을 만난 후 고백을 받아줬다.

이 사람을 받아줬던 이유는 보고 싶으면 보고 싶다고 표현하고, 하나하나 꼼꼼히 내가 했던 말들을 기억해주고, 내가 어떤 옷을 입고 와도, 화장을 연하게 해도, 예쁘다는 말을 아끼지 않았기 때문이다.

이런 것이 사랑받는 느낌이랄까?

주말이 다 되어가면 그 사람은 어김없이 평일에 혼자서 계획을 짰다. 이번 주에는 다른 지역으로 꽃놀이를 가자고 한다. 얼마 만에 가는 꽃구경인지 한껏 들떴다. 일요일 당일 오전 우리는 일찍 꽃놀이 구경을 나섰다. 역시 여행에는 휴게소가 빠질 수 없다. 요즘 유명한 소떡소떡을 먹어보기로 했다. 그 사람이 좀 편해졌나 보다. 배고파서 허겁지겁 먹다 보니 입 주변에 소스가 묻은 듯했다. 그 사람은 아무렇지 않게 손으로 나의 입술을 닦아주었다. 왜 그렇게 설렜는지 모르겠다. 이 사람이 더욱더 사랑스러워 보였다.

"다시 출발하자." 우리는 차에서 시간 가는지 모르고 즐겁게 대화도 하고 노래도 부르며 놀았다. 그렇게 도착해 손을 잡고 함께 걸었다. 눈앞에 펼쳐진 꽃과 놀러 간다고 한껏 꾸미고 온 그 사람을 보니 함께 사진을 찍고 싶었다. 근데 이 사람은 나에게 사진을 찍자는 말을 안한다. 예쁜 꽃구경도 시켜준 이 사람이 예뻐서 먼저 용기를 냈다. "오빠, 우리 같이 커플 사진 찍자." 이 사람은 기다렸다는 듯이 나의 얼굴 옆으로 얼굴을 들이밀었다. 부끄러웠지만 가슴이 쉴 틈 없이 뛰는 것이 너무나도 좋았다. 우리의 1호 커플 사진이다. 예쁘게 나왔던 걸까? 서로 휴대폰 배경사진으로 저장하기로 했다. 꽃놀이를 즐겁게 하고, 늦은 저녁을 먹기로 했다. 고깃집에 들어와서 식사를 마칠 때까지 오늘 하루 이 사람의 손길이 안 닿은 곳이 단 한 곳도 없었던 거 같다. 사랑으로 꽉 찬 하루가 너무나도 행복했다.

그렇게 우리는 2년을 함께했다.

사랑하면 살이 찐다는 말이 진짜일까? 살이 많이 쪘다. 그래도 이 사람은 나에게 예쁘다는 말을 아끼지 않았다. 사진을 찍을 때나 무언가가 필요할 때면 말하기도 전에 항상 먼저 나서서 챙겨주었다. 그 사람은 내가 보고 싶다고 말하기 전에 밤마다 틈틈이 잠깐잠깐 얼굴을 보고 집으로 가기도 하고, 기념일이 아닌데도 지나가다 예쁜 꽃을 봐서 사 왔다며 감동을 주기도 하고, 흘려 말한 것들을 기억했다가 생일이나 기념일에 선물을 해주고는 했다. 비싼 선물은 아니어도 '이 사람은 날 끔찍이도 생각하는구나.'라는 마음이 들었다. 너무나도 행복했다.

반대로 나에게도 2년을 만나면서 많은 변화가 왔다. 남자친구에게 어울릴 거 같은 물건들을 보면 나도 모르게 잘 어울리겠다며 돈을 쓰기 일쑤였고, 친구들에게 귀에 딱지가 앉을 정도로 자랑도 해보고, 한 번도 해보지 않았던 애교도 부려보고, 힘들면 힘들다고 투정도 부려봤다.

무엇보다 제일 좋았던 것은 자존감이 한없이 낮았던 내가 이 사람 덕분에 세상에서 제일 예쁜 사람이 된 것만 같았다는 것이다.

우리의 사랑에 끝이 과연 올까? 난 단 한 번도 사랑의 끝을 생각하지 않았다.

그렇게 더 6개월이 지났을까? 요즘 이 사람은 바쁘다. 회식도 자주 참석했고, 주말이면 나를 만나기보다 친구들과 술자리를 갖고는 했다. 항상 주말이면 이 사람과 함께 있는 게 습관이었는데, 덩달아 친구들까지 바빠져 혼자 있는 시간이 많아졌다.

이제는 그냥 그 사람이 친구를 만나러 간다고 하면 재밌게 놀다 들어가라고 말한다. 신경 쓰기 싫어서. 예전 같았으면 이 시간에는 같이 포장마차에서 맛있는 떡볶이를 먹거나 전화를 하고도 남을 시간인데 연락 한 통 하지 않는다.

다음 날 오후가 되도록 연락이 없었고, 나는 기다리고 또 기다렸다.

저녁 7시쯤 일어났다는 연락을 받았고, 나는 친구들과 재밌게 노느라 그렇게 바빴냐며 서운한 마음을 드러냈다.

"어제는 재밌게 놀라며?"가 답이다. 나는 이것을 어떻게 받아들여야 할까? 한두 번이 아니었고 참다 참다 말한 건데, 이 사람은 어제 일만 기억한다. 화가 나서 하나하나 얘기를 했더니 지난 일은 왜 꺼내냐고 한다. 너무 화가 났다. 참지 못할 거 같아서 알겠다고 쉬라고 하고 다툼을 마무리 지었다. '지금은 이것저것 바쁜 거 때문에 많이 예민해서 그렇겠지. 이 시기가 지나면 괜찮아지겠지.'라며 스스로를 다독였다. 잠을 많이 자서일까, 생각이 많아서일까, 쉽게 잠이 들지 않는 밤을 보냈다.

다음 날 아무렇지 않게 연락이 왔다. 어제의 일을 되묻고 싶었지만 다투기 싫어 그냥 묻기로 했다. 내가 더 잘하면 이 사람이 옛날처럼 돌아올까? 시간이 지나면 지날수록 연락은 더 줄었고, 밤마다 전화하는 횟수도 고작 일주일에 한 번이 되었다. 그에 대한 집착은 나날이 심해져만 갔고, 주말은 당연히 우리들만의 시간이었는데 만나도 되는지 안 되는지 여부를 물어보는 상황까지 왔다. 이런 시간이 반복이 되고 또 반복이 되자 조금씩 지쳐만 갔다.

"얼굴을 보며 대화하면 괜찮아지겠지."

오늘은 데이트를 하기로 한 날이다. 어김없이 오늘은 어떤 옷을 입고 갈지, 화장은 어떻게 할지 고민 또 고민했다. 난 언제나 그렇듯 그 사람에게 예뻐 보이고 싶기 때문이다. 약속 장소에 10분 정도 먼저 나가 기다리고 있었다. 항상 먼저 와서 기다렸던 사람이 이제는 10~20분 늦는 건 기본이다. 그래도 얼굴을 보니까 좋네. 그렇게 30분이 지났을까? 연신 그 사람은 피곤하다는 말을 입에 담는다.

전날 친구들 만난다고 밤새 놀았으니 피곤할 만도 하겠지. 이 사람은 알까? 언제나 나는 우리의 시간을 기다리고 있다는 것을, 예쁘고 좋은 추억만 쌓아가고 싶다는 것을.

조금이라도 건들면 툭하고 눈물이 터질 거 같아 참다못해 그 자리를 박차고 나갔다. 그런 나를 보고 그 사람은 말한다.

"이해를 그렇게 못해줘? 원래 이런 사람이야?"라고.

나를 사랑하게 만들어 놓고 나를 다 받아주었던 사람이 이제는 나를 하나도 이해 못 해주는 나쁜 사람으로 만들고 있다.

"생각할 시간을 갖자."
퉁퉁 부은 얼굴로 아침에 메시지를 들여다봤다.
밥도 못 먹고, 일상생활이 모두 우울해졌다. 주변 사람들은 무슨 일이 있냐고 물어보기 시작했고 나는 아무것도 아니라고 대답하기 급급했다. 허전하다. 마음속의 이 공허함을 어떻게 표현해야 할지 모르겠다. 누군가가 마음을 툭 건들기라도 하면, 우리의 추억이 담긴 무엇을 보기라도 하면 눈물이 멈추지 않고 흘렀다. 이렇게 울어본 적이 있나 싶을 정도로.
사람이 뭐길래, 사랑이 뭐길래.
그 사람과 그때 그 사람이 주던 사랑이 너무나도 보고 싶다. 결국 모든 자존심을 내려놓고 붙잡았다. 잘못한 것이 없어도, 그냥 미안하다고, 미안하다고 했다. 그렇게 버릴 거 다 버리고 만남을 이어나갔지만 한 번 틀어진 관계라서 그런 걸까, 다툼은 더 잦아졌고, 그 사람은 거짓말을 하는 횟수가 더욱 늘어났다.
헤어질 거 같은 불안감은 마음속에서 떠나지 않는다.
"나한테 질린 걸까? 아니면 다른 여자가 생긴 걸까?"
시간이 지날수록 비참해졌고 나는 아니라는 것을 알면서도 우리의 관계를 미련하게 붙잡았다.

역시 일방적으로 잡고 있는 관계는 언젠가 끝이 나기 마련인 걸까. 헤어짐도 당연히 일방적인 통보였고, 나에게는 어떤 선택권도 없었다.

3년이 다 되어가는 우리의 시간이 아깝지도 않은가 보다.

나는 그렇게 석 달을 밤마다 술과 눈물로 지새웠다. 주변 사람들은 헤어지기 잘했다며 좋은 사람 만나라고 위로의 말을 건넸다. 속에 있는 걸 밖으로 계속 꺼내다 보니 조금은 괜찮아진 것만 같다.

요즘은 하루가 조금 남는 듯해서 그 사람의 SNS를 한 번씩 들여다보고는 한다. 티는 안 나지만 여자친구도 생겼다 헤어졌다 하나 보다. 그래도 나는 이 사람을 욕하지 않았다.

그렇게 몇 달이 더 지났나? "잘 지내?"라는 연락을 받았다.

생각이 안 난다면 그것은 거짓말이겠지. 하지만 나는 이 연락에 답장을 하지 않았다. 나는 마지막까지도 사랑하고 있었는데 당신은 아니었으니까.

불안감에 휩싸여 잠도 못자고 아파하고 있는 나를, 당신은 이해 못 해주는 나쁜 사람으로 만들었으니까.

세상에서 제일 소중히 여긴다고 생각했던 사람이 나를 죽을 만큼 아프게 했으니까.

나는 아직 이별 중이다.

처음과 달라진 그를 보며 매 순간순간 다치고 또 다쳤다. 이제는 나를 잃어버리면서까지 누구를 사랑하고 싶지는 않다. 사람이 아직까지는 무섭고, 누구를 믿는 것조차 힘이 들고, 똑같은 상처를 받게 될까봐 두렵고, 무엇보다도 상대방을 진심으로 사랑하기가 너무나도 겁이 난다.

여자는 마음의 문이 한 번 닫히게 되면 그것으로 두 번 다시는 열 수 없는 문이 된다. 생각해보면 잘해주는 일은 조그마한 노력만 있다면 누구나 할 수 있는 일이다. 하지만 마음을 주는 것은 당신이니까 가능한 것이었다. 당신이니까 소중했고, 당신이니까 행복할 수 있었다는 말이다.

있을 때 잘하라는 말, 경험 없이는 꺼낼 수 없다. 있을 때 곁에 있는 사람에게 잘하자. 옆에 있어주는 것에 감사함을 느끼자.

마지막으로 당신이 이렇게 놓친 그 사람은 세상에 하나밖에 없는 소중한 사람이다.

상처라는 것은

몇 번이나 계속 겪어도

익숙해지지 않는 것.

그 남자의 사랑

잘 가요, 내 사랑.

어릴 적부터 그랬다. 이상하게 내가 좋아하는 사람은 나를 멀리했고, 나를 좋아해주는 사람에게는 마음이 가지 않았다. 나는 이십대 중반, 만나는 여자라고는 엄마가 다였다. 잠깐잠깐 연애는 했어도 진심 어린 사랑은 해보지 못한 거 같다. 어느 때와 다름없이 친한 여동생이 카페에 가자며 나를 불러냈다. 오늘은 친구와 함께 가도 되냐는 질문에 흔쾌히 괜찮다고 말하고 황급히 나를 꾸미기 시작했다. 평소 운동복만 즐겨 입던 나는 깔끔한 옷을 차려입고 밖을 나섰다. 휘파람이 저절로 나오는 기분이다. '혹시나 그 처음 보는 여자가 날 좋아하면 어쩌지?'라는 이상한 생각을 해보기도 한다. 피식. 근처에 다 왔을까? 나는 차를 세워두고 여동생이 어디 있는지 찾으려고 두리번거렸다. 멀리서 걸어오고 있는 것을 보고 나는 숨이 턱 막혔다. 동생이 데리고 온 여자는 나의 이상형에 가까웠고 너무 예뻤다. 미쳤다. 이 사람과 나는 운명이라는 것을 직감할 수 있었다.

"안녕하세요." 시선은 온통 친한 여동생의 친구에게로 향했다. 나도 모르게 가슴이 뛰고 말이 떨리기 시작했다. "안⋯녕." 그렇게 우리는 이것저것 말을 주고받으며 바닷가 근처 예쁜 카페에 도착했다. 조금 이라도 멋지게 보이고 싶었을까? "커피는 내가 살게." 친한 여동생이 "오늘 왜 그래? 더치페이 좋아하는 사람이?"라고 핀잔을 주었다. 기억 했다가 복수를 할 예정이다. 시시콜콜 시답지 않은 대화가 오고 갔고, 나는 그녀에게 눈을 뗄 수가 없었다. 용기를 내어 남자친구가 있냐고 물어봤는데 없다고 했다. 속으로 됐다고 연신 외쳐댔다. "되긴 뭘 돼?" 여동생이 꿈도 꾸지 말라고 얘기를 한다. 불난 마음에 찬물을 끼얹는 다. 하지만 이렇게 여동생과 다툴 때마다 그녀가 웃는 거 같아 기분이 좋아졌다. 나도 모르게 장난을 더 치게 되었다. 하하 호호, 저녁이 되 어서야 만남이 마무리가 되었다.

나는 그녀와의 첫 만남이 잊히지가 않는다. 지금은 무엇을 하고 있을 까? 내 생각 한 번은 했을까? 여동생한테 물어보기로 결심한다. 잘 지 내냐는 안부를 물어보고, 그 사람은 잘 있냐고, 아직 남자친구가 없 다면 나에게 소개를 시켜달라고 전화로 조잘조잘 물어봤다. 그 사람도 나쁘지 않아서였을까? 소개를 받겠다며 연락처를 내주었다. 그렇게 나는 이 사람이 아니면 안 된다는 마음으로 하나부터 열까지 다 알아가기로 했다. 처음 보는 그 사람의 SNS 프로필. 정말 예쁘다. 왜 남자친구가 없었는지, 왜 없는지 이해를 할 수가 없었다. 그 사람의 남자친구가 나였으면 좋겠다는 상상을 하게 된다. 하루 종일 폰만 잡고 있는 거 같다. 그 사람의 답이 늦으나 빠르나 나는 5분을 넘기지 않고 꼬박꼬박 성의 있게 보냈다. 옆에서 친구가 너는 자존심도 없냐고 묻는다. "자존심은 무슨, 내가 좋으면 그만이지." 이런 나의 진심이 통했던 걸까? "혹시 이번 주 주말에 시간 있으면 영화 볼래?"라는 질문에 그 사람은 알겠다며 무슨 영화를 볼지 찾아보기 시작했다.
'오늘은 수요일인데 주말까지 어떻게 기다리지? 빨리 보고 싶다.'

주말이 되어서 우리는 로맨틱 코미디 영화를 보았고, 하루 종일 그 사람의 얼굴을 볼 수 있었다. 밥집에 들어가서 밥을 먹을 때나, 예쁜 카페에 앉아 커피를 마실 때나, 집에 데려다주기까지 동네를 몇 시간이나 걸을 때나 무엇을 크게 하지 않아도 보고 있는 것만으로도 즐겁고 행복했다. 이 사람은 알겠지? 내가 좋아한다는 것을. 그렇게 4~5번을 만난 후 그 사람에게 고백을 했더니 덤덤한 표정으로 믿어 보겠다며 나를 안아줬다. 꿈만 같았다. 이 사람과의 사랑이라….
솔직히 말해 나에게 과분하다는 생각이 들기도 하지만 내가 더 잘하면 되겠지 생각했다. 여자친구가 생긴 후 나는 동네방네 자랑을 하기 시작했고, 모든 SNS를 여자친구로 도배했다. 그리고 친구들에게도 귀에 딱지가 앉을 정도로 자랑을 하고 다녔다. 이런 것이 사랑인 걸까? 하나씩 변해가는 나를 볼 수 있었다. 학생인 여자친구를 위해 데이트 비용은 거의 다 내가 부담을 하는 편인데 항상 나에게 미안하다고 얘기를 한다. 사실 나는 아깝다고 느껴본 적도 없지만 고마워해주니 내가 더 고마웠다. 예쁜 마음에 한 번 더 이 사람이 사랑스러워지고는 한다.

나는 하루가 너무 행복하다. 이 사람과 만나고 있어서, 그리고 이 사람이 나를 사랑하고 있어서. 나는 요즘 틈틈이 여자친구에게 필요한 것을 찾아보고 선물해주는 재미에 빠졌다. 커플 옷, 커플 신발, 그리고 커플 반지까지 월급의 2/3를 쓰는 거 같아도 이 사람과 나의 사랑이 있다면 뭐든지 다 할 것만 같았다. 주는 사랑이 이렇게나 크나큰 행복이라는 것을 처음 깨달았다. 그렇게 1년이 지났을까. 우리에게는 많고 많은 일들이 앨범 속에 고스란히 담기고 담겼다. 처음과 달리 우리도 많이 편해졌다는 것을 알 수 있었다. 여자친구의 친구들과도 어느 정도 친해진 거 같았고, 사소한 걸로 다투기도 했지만 헤어지자는 말은 절대 하지 않았고, 씻지도 않은 얼굴로 만나 김밥과 라면을 먹기도 하고, 겉옷만 대충 걸치고 동네를 새벽까지 걷기도 하고, 긴 연휴가

다가오면 멀리 여행을 계획하고는 했다. 크지는 않았지만 작은 거 하나하나에 더욱 행복함을 느끼고 사랑을 나누었다. 우리의 사랑은 절대 식지 않을 것만 같았다.

2년이 다 되어갈 때쯤 여자친구가 나에게 담배를 끊으라고 권유를 했다. 흔쾌히 알겠다고 약속을 했지만 2년이 지나서도 난 담배를 태우고 있다. 괜히 지키지도 못할 약속을 했나 보다. 이 약속 때문에 몇 번을 울고불고했는지 모르겠다. 만나면 잔소리, 잔소리. 맨날 다투기만 하다 보니 만나도 즐겁지가 않았다. 그리고 2년 동안 계속 데이트 비용을 부담하다 보니 모아둔 돈이 거의 없었다. 일은 힘들어 죽겠는데 남는 건 하나도 없으니 조금씩 감정에 변화가 온 듯했다.

"이번 주 진주 유등 축제 한다는데 갈래?" 여행을 가자고 한다. 참…. 밥도 내가 사야 하고, 운전도 내가 해야 하고, 기름도 내가 넣어야 하고, 다 놀고 집까지 데려다줘야 하는데…. 생각이 많아진다. "이번에 재밌는 영화 개봉했던데 집 근처에서 영화 보고 밥이나 먹자." 이 메시지를 받은 여자친구는 기분이 나빴는지 "오빠는 매번 이런 식이야." 라고 말한 후 답장을 하지 않았다. 하…. 나도 짜증이 치밀어 오른다. 에라이 모르겠다. 나도 답장을 하지 않기로 했다. 그렇게 싸웠다 풀었다 반복을 했지만 시간이 지나면 지날수록 심해지는 여자친구의 집착.

사회생활의 기본인 회식자리에 나갈 때에도 술을 먹지 말라는 둥 말도 안 되는 소리를 하고, 주말이 되어서는 자기는 조금만 만나고 친구들 보러 간다고 짜증을 내고, 만나면 항상 하는 말이 "처음이랑 다르네. 변했네, 변했어." 매사, 매 순간 불만밖에 없는 여자친구가 점점 미워져만 갔다.

"자냐?" 술 한잔하자는 친한 친구의 메시지에 나는 옷을 주섬주섬 껴입고 집 근처 술집으로 향했다. 뭔지는 모르겠지만 답답한 마음에 술을 연달아 마셨다.

"여자친구랑 사이 안 좋아? 아니면 일이 힘들어서 그래?" 친구의 질문에 나는 연신 모르겠다고 대답했다. 한 잔, 두 잔 먹다 보니 술기운이 올라 하나씩 친구에게 얘기를 했다. "내 여자친구는 나를 하나도 이해 못 해줘. 여자친구도 중요하지만 나는 내 사람도 중요하다고 생각해. 그리고 만나면 제일 큰 문제는 잔소리만 한다는 거야. 어련히 나도 알아서 하지." 그렇게 친구에게 몇 시간에 걸쳐 불만을 토했다. 자리를 마치고 집으로 돌아가는 길, 많은 생각이 머릿속을 가득 채웠다. 지금 현재의 나의 상황이 과연 내가 가는 길에 영향을 주진 않을까? 이리저리 생각이 많아진 동시에 이별의 그림자가 드리워졌다.

헤어지자는 말을 간략하게 메시지로만 남기고 연락은 하지 않았다. 그 사람은 울고 또 울었고, 빌고 또 빌었다. 하지만 난 받아주지 않았다. 반복될 거 같았기 때문이다. 뭔가 해방된 느낌이다. 뭔지는 모르겠지만 나의 삶에 여유가 생긴 듯했다.

2주 정도가 지났다. 나를 구속하는 사람이 없으니 마음이 한결 부드러워진 거 같다. 그리고 무엇보다 옛날의 나로 다시 돌아온 듯해 기분이 좋았다. 어느 때와 다름없는 즐거운 생활을 하다 그 사람이 너무 힘들다며 나에게 보낸 메시지를 받았다. "오빠 나 너무 힘들어서 그러는데 커피라도 한잔하면 안 될까? 커피가 먹기 싫으면 얼굴이라도 보자, 일단 나 오빠 집 앞으로 갈게." 일방적인 통보에 매우 심기가 불편했지만 뭔가 가슴 한편을 쿡쿡 찔러댔다. 술에 만취한 그 사람은 눈이 퉁퉁 부은 얼굴로 계단을 내려오는 나를 바라보았다.

"왜 왔어? 이제 볼일 없다고 했을 텐데." 그 사람은 나의 말을 듣고 주저앉아 닭똥 같은 눈물을 흘렸다. 맙소사. 주민들이 다 볼 텐데. 사람이 없는 곳으로 잠시 자리를 옮겨 몇 분간 대화를 이어나갔고 눈물 때문에 지친 그 사람은 나의 품에 기대어 소리 없이 눈물을 흘렸다. 바깥바람이 차가워질 무렵 우리는 숙소로 들어섰고 이별한 것을 잊은 채 사랑을 나누었다.

다음 날 그 사람은 웃는 얼굴로 우리 다시 만나는 거냐며 나를 꼭 껴안았다.

그 사람의 얼굴을 보니 후회가 밀려왔다. 그렇게 집으로 돌아온 뒤 생각을 정리해 장문의 메시지를 보냈다. 끝은 결국 헤어짐, 변화는 없었다. 그 이후 우리는 완벽히 정리가 되었다. 다시 아무 일 없는 듯 밤새 친구도 만나고, 사고 싶은 물건도 하나씩 사보고, 회식은 물론 그 사람 때문에 가지 못했던 술자리를 모두 가서 즐겼다. 그렇게 한 달쯤 지났을까? 술자리를 많이 가져서인지 살이 좀 찐 듯하다.

오늘은 소개팅이 있는 날이다. 깔끔한 외모에 여성스러운 옷 스타일까지 완벽한 여자였다. 묘한 설렘에 기분이 들떴다. 첫 만남에는 깔끔한 한정식이지. 예쁜 식당 안에 들어가 밥을 먹었다. 이 사람은 밥을 먹는데 정말 말이 많다. 그리고 밥을 오래 먹는다. 왜 이렇게 지겨운지 모르겠다. 계산대에 쭈뼛 서 있는 그 사람을 화장실로 보낸 후 계산하고 나와 담배를 피웠다. 화장실에서 나온 그 사람은 냄새가 싫다며 미간을 찌푸렸다. 나랑 안 맞네. 이렇게 몇 번을 소개팅을 나갔지만 맞지 않는 사람들과 자리를 함께하는 것뿐이었다.

그렇게 전 사람과 헤어진 지 석 달 지났을까?

요즘 하루하루가 우울하다. 마음이 텅 빈 느낌이랄까. 시간도 왜 이렇게 가지 않는 건지 뭐가 잘못된 건지 감정이 요동치기 시작했다. 어떤 걸로도 나를 채울 수 없다는 느낌이 들었을 때 괜스레 전에 만났던 사람이 보고 싶어졌다. 몇 번을 망설이고 망설이다 메시지를 보내기로 결심했다.

"잘 지내?" 메시지를 보냈지만 답장이 오지 않았다.

며칠이 더 지났고 나는 그 사람의 연애 소식을 들을 수 있었다. 물론 우리는 이미 남남이 되었지만 가슴이 철렁 내려앉는다. 동네 근처 술집에 들러 안주 하나에 술을 가슴 쓰라리도록 먹었다. 눈물이 났다. 몸도 제대로 가누지 못한 채 집으로 들어와 침대에 누웠는데 앞을 가리는 눈물 속에 그 사람의 얼굴이 떠오른다.

남남이 되었는데 너의 소식에 왜 이렇게 슬픈 거니.
매번 나한테 하던 잔소리가 왜 이렇게 그리운 거니.
다른 사람을 만나도 왜 이렇게 네가 생각나는 거니.
분명 나는 잘해줬다고 생각했는데 잘못한 것밖에 기억나지 않는 거니.
왜 나는 이렇게 아픈데 너는 다른 사람과 사랑을 하는 거니.
너무 늦게 깨달은 거 같다. 나와 잘 맞다고 생각한 부분은 그 사람이 나에게 맞춰주던 부분이었다는 것을. 지금에야 이런 말 하는 나도 정말 웃기지만, 시간이 많이 흘러서 미안하다는 말을 건네기엔 많이 늦었지만 그래도, 그래도 부족한 나를 만나줘서 고마웠다고. 사랑을 할 때 사랑을 알아야 하는데 이별을 해서 사랑을 알게 되어서 미안하다고.

고마웠어요. 잘 가요, 내 사랑.

이 사람은 내 앞에서 말은 하지 않았어도 나에게 맞춰가며 사랑했다는 것을 너무 뒤늦게 알아버렸다. 세상이 반으로 갈라져도 끝까지 사랑하겠다던 내 마음은 어디로 갔을까. 돌이켜보면 처음 사랑할 때와 지금의 상황은 같은데 그 사람의 가치를 당연하게 여긴 것이다.

'내가 없으면 안 되겠지.'라는 생각은 일찌감치 버려라. 당신이 놓친 사람이 다른 사람에게는 예쁜 사람이라는 것을 잊지 말아라. 사랑은 또 찾아올 것이다. 다시는 이와 같은 실수를 하지 않았으면 좋겠다.

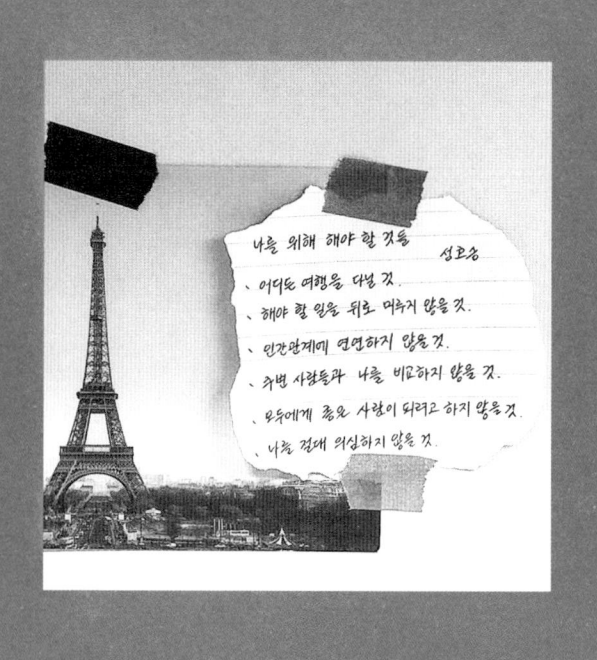

나를 위해 해야 할 것들   성효숭

· 어디든 여행을 다닐 것.

· 해야 할 일을 뒤로 미루지 않을 것.

· 인간관계에 연연하지 않을 것.

· 주변 사람들과 나를 비교하지 않을 것.

· 모두에게 좋은 사람이 되려고 하지 않을 것.

· 나를 절대 의심하지 않을 것.

행복한 삶을
만들기 바란다

살아가다 보면 나에게 맞는 사람이 있고
나에게 맞지 않는 사람이 있다.

젓가락 길이가 다르면 쓰기 불편하고
신발도 짝이 맞지 않으면 발이 아파 붓는다.

사람도 마찬가지다.
맞지 않는 사람과 관계를 이어 나간다면 순간순간 불편할 것이고,
지속적으로 상처를 받을 것이다.

앞으로도 좋은 사람만 곁에 머물 거라는 보장은 없지만
맞지 않는 사람은 미련 없이 놓아줄 수 있어야 한다.
나와 맞는 사람과 좋은 것만 보고, 좋은 것만 듣는
그런 행복한 삶을 만들기 바란다.

관계의 나약함

사람 사이가 얼마나 나약하냐면 서로가 믿고 의지하기까지는 그렇게 오랜 시간이 걸리는데, 무너지는 데는 단 몇 시간이면 충분하더라고.

주변에 예쁜 돌이 많아 탑을 쌓아 보려고 돌을 하나씩 하나씩 주워 쌓아 올렸다. 큰 돌로 자리를 잡고, 쓰러지지 않게 작은 돌을 구석구석 채워 넣었다.

견고하게, 쓰러지지 않게 만들다 보니 시간이 꽤나 흘렀다. 바닷바람이 세게 불었을까? 작은 돌이 하나씩 굴러 떨어지더니 몇 시간을 걸쳐 만든 돌탑이 단 몇 분 만에 무너졌다. 허무했다. 사람 사이도 마찬가지일까, 일주일을 함께했든, 일 년을 함께했든, 반평생을 함께했든, 무너질 사이라면 견고하다고 생각했던 사이도 단 몇 시간 만에 무너지고는 한다.

사람을 만나기가
　　　힘든 이유

세월이 흐르면 흐를수록 사람을 만나기가 힘이 드는 이유는 나이가
들어서가 아니고, 내가 부족해서도 아니다.
현실적으로 말하자면, 사랑만으로는 사람을 만날 수 없기 때문이다.
대부분 사람들은 20대 초반, 중반에 사랑다운 사랑을 해보고는 한다.
꽃다운 나이에 한 사람과 오랫동안 사랑을 하다 이별한 경우는 더욱
더 공백이 클 수밖에 없다고 생각을 한다.

사람에게 또는 사랑에게 상처를 받으면 또 다른 시작에 대한 경계심
이 생기기 마련이다. 새로운 사람을 만나다 보면 하나둘 이것저것 더
들여다보게 되는 것. 그리고 상대방에게 진심이 보여도 '아, 이 사람은
나와 맞지 않다.'라고 느껴지면 단칼에 거절하게 되는 것.

상처 때문인 걸까, 시작이 두려워서일까. 사람과의 자리에서 항상 거리를 두게 된다.

예전에는 나와 색깔이 다른 사람과의 자리에서도 "만나보면 괜찮겠지."라는 마음으로 시간을 보냈다면 이제는 대화가 잘 통하거나 취미가 비슷한 사람에게 한 번 더 눈길이 가고는 한다.

사람 보는 눈을 조금씩 뜨고 있는 것이다.

사람과 사랑을 한다는 건 분명 아름다운 일이긴 하나 먼저 사람을 보는 눈을 기르는 것 또한 필요한 것. 때로는 너무 신중해서 정말 나와 필연인 사람을 놓치는 경우도 종종 있지만 사람을 보는 시선을 신중하게 여기는 것이 오히려 나를 더 아끼는 것임을 잊지 말아야 한다.

사람을 보는 데 시간이 오래 걸리더라도 나를 떠나가는 사람에게는 미련을 두지 않는 것이 좋다. 나에게 다가올 사람이라면 시간이 지나도 머물러 있기 때문이다. 조급해하지 않았으면 좋겠다. 앞으로도 나에게 상처 주지 않겠다는 그 신중함이 더욱 아름다운 사랑을 만들어 갈 거라 믿어 의심치 않기 때문이다.

기준에 정답은 없다

한 여성분이 고민이 있다며 늦은 밤 다이렉트 메시지를 보내셨다.
"20대 후반인데 가진 것도 없고, 아무것도 이룬 것이 없어요."
"친구들이랑 비교되고 제가 너무 한심해 보여요."
나는 보내주신 고민을 읽고 아주 의아했다.

20대 후반에는 무엇을 이루어야 하고,
무엇을 가지고 있어야 하는 걸까?
흔히 말하는 명문 대학을 나와야 하고,
들어가기 힘든 유명 대기업 직장을 가지고 있어야 하는가?

30대에는 준중형차 하나는 소유하고 있어야 하고,
월세가 아닌 자가 한 채 정도는 있어야 하는가?

나이에 맞는 고민의 기준은 누가 정한 것이며
왜 내가 아닌 상대방이 나의 기준을 바라고, 강요하는 것일까.
세상에 정답이 있는 일들은 어디에도 없다.

하고 있는 일이 즐겁지 않다면 20대든, 30대든, 40대든 나에게 맞는
일과 꿈을 찾아 여행을 다니자.
비록 남들이 봤을 때는 별로라고 해도, 지금 하고 있는 일이 더 낫지
않냐고 해도 본인 스스로가 즐겁고 행복한 일을 찾아서 하기로 하자.

남들보다 늦더라도 그리고 뒤쳐지더라도 부끄러워하지 말자.
타인의 시선과 말들을 마음에 담아두지 말고, 두려워하지도 말자.

당신은 지금도 높은 산을 올라가고 있는 것이다.
주저앉지 말고, 절대 포기하지 마라.
높은 산일수록 정상에 도착했을 때 더욱 보람차듯이 삶 또한 마찬가
지이다.

늦어도 된다. 힘들었던 만큼, 고생했던 것만큼
모두 당신에게 돌아올 테니까 미리 걱정하지 않기로 하자.

사소한 것이 사랑

남자와 여자는 다르다.

여자는 사소한 거 하나하나 기억해주고
보이지 않는 곳에서도 사랑받는다는 느낌이 들고
시간이 지나도 변하지 않고
처음처럼 아껴주는 것을 사랑이라 믿는다.

그러니 너무 큰 것에만 치우치지 말자.
꽃을 주더라도 100송이를 한 번에 주는 것보다
한 송이의 꽃을 100번 나눠주는 것을
더 좋아할 것이다.

언제나 생각하고 있다는 것을
언제나 보고 싶어 한다는 것을
언제나 사랑하고 있다는 것을

크지 않아도 조그마하게라도 표현을 하자.
그리고 변함없이 오늘도 따뜻하게 사랑하자.

말할 수 없는 비밀

2016년 6월, 무더위가 찾아오기 전쯤일까?

아침에 일찍 회사에 출근을 하고 바쁘게 업무를 보고 있던 도중 엄마의 휴대폰 번호로 한 통의 전화가 걸려왔다.

"저기 ○○○ 씨 자녀분 되시죠? ○○ 병원인데…."

가슴이 철렁했다. 전화를 끊고 급하게 병원으로 달려갔다.

다행히도 수술실에 들어가기 전 나는 엄마의 얼굴을 볼 수 있었고, 잠시나마 대화할 시간이 있었다. 얼굴을 보자마자 다짜고짜 엄마한테 고함을 질렀다. "아프면 아프다고 얘기를 해야 할 거 아니야! 왜 말을 안 해, 내가 남이야?" 엄마는 화를 내는 나의 모습을 보며 웃으며 말씀하셨다. "큰 수술도 아닌데 큰아들 걱정할까 봐 그랬지."라고.

아무렇지도 않게 웃고 있는 엄마가 너무나도 미웠다. 짧은 대화를 마치고 병원 밖으로 나와 연신 줄담배를 태웠다. 그래도 풀리지 않는

화. 수술이 끝나기만을 기다리며 1층 접수실 근처에 앉아 있었다.

몇 분이 흘렀을까. 수수한 할머니와 건들건들한 여학생이 병원에 들어왔다.

"할머니 저기 앉아 있으세요. 내가 알아서 할게." 행동은 건들건들해도 심성은 착한 아이인가 보다. 접수 후 손녀와 할머니는 진료실에 들어갔다. 10분쯤 지났을까, 안색이 좋아 보이지 않는 할머니와 걱정 한 가득을 품은 손녀를 볼 수 있었다. 자리에 앉아 할머니는 손녀의 손을 잡으며 말씀하셨다. "○○아, 엄마 오면 절대 할머니 아프다고 얘기하면 안 된다, 알겠지? 절대 말하면 안 돼." 그러자 손녀는 벌떡 일어나 인상을 찌푸린 채 할머니에게 언성을 높였다. "큰 문제가 아니어도 아픈 건 아프다고 말을 해야 알지. 숨긴다고 해도 어차피 다 알게 될 거야. 할머니는 가만히 있어. 내가 알아서 할게." 그렇게 접수처로 돌아서는 손녀의 손을 잡고 할머니는 혼잣말을 하듯 이야기하셨다.

"할머니가 알아서 할게. 아들딸들 안 그래도 바쁜데 손녀가 알아주는 것만으로도 할머니는 괜찮다. 나누면 나눌수록 가벼워지는 아픔도 있지만, 나누면 나눌수록 무겁고 아픈 것들도 있단다."

할머니의 말씀이 나의 마음을 울렸다. 나누면 나눌수록 무거워지는 아픔도 있다는 것.

그 어린 손녀는 과연 이해를 했을까? 요즘 시대에 할머니와 손녀가 손을 잡고 병원에 함께 왔다는 것부터 보기 힘든 장면이라 이 손녀는 마음씨가 정말 예쁜 아이임을 짐작할 수 있었다. 할머니는 그런 손녀가 예뻤는지 손을 계속 쓰다듬으셨다. 한참을 시시콜콜 얘기하다 손을 잡고 병원을 나가는 예쁜 모습을 끝까지 지켜보았다.

그렇게 자리에 앉아 몇 시간이 흘렀을까.
엄마의 수술이 잘 끝났고, 난 아무렇지 않게 웃고 있는 엄마를 보며 함께 웃었다.

나누면 나눌수록 가벼운 아픔도 있고, 나누면 나눌수록 무거운 아픔도 있다. 생각해보면 나도 마찬가지로 정말 힘든 일이 있거나 몸이 아파서 끙끙 앓고 있을 때도 가족한테만큼은 항상 아무 일 없다는 듯 행복한 모습만 보여주려고 했던 거 같다.
항상 웃고 있는 사람들도 말 못할 비밀 하나쯤은 가지고 살지 않을까?
사랑하는 사람들을 걱정시키기가 그렇게 싫어서 말이다.

꽃은 시든 것보다

화사하게 필 때가 더 예쁘고

비가 내리는 밤하늘보다

달과 별이 빛나는 밤이 더 예쁘고

당신은 힘들고 아파서 울고 있을 때보다

행복해서 웃고 있을 때가 더 어여쁘다.

단순함이 주는 행복

우리는 삶을 아주 단순하게 살아갈 필요가 있다.
생각이 많다 보면 그것이 모든 것을 해결해주지 않는다는 것을
알면서도 쓸데없이 나를 괴롭히고는 한다.
막상 시간이 지나 보면 "그땐 그랬지."라며 웃으면서 얘기하는
날이 오는 일들로도 말이다.

안 되는 것에 크게 미련을 두지 않아야 한다.
버릴 것은 과감히 버릴 줄도 알아야 한다,

가지고 싶은 것 그리고 지키고 싶은 것들에는
크나큰 노력이라는 것이 필요하다.

흘러가는 대로 살아가자.
돌아올 수 없는 것들은 자연스럽게 놓아주고,
필요한 것은 소중히 하다 보면
주변은 행복한 것들로 가득 차 있을 것이다.

말의 가치

많고 많은 사람들 속에서 이런 저런 대화가 오고 간다.
사람마다 느끼는 감정이나 말하는 방식,
그리고 표현 자체가 모두 다르기에
누군가는 말 한마디에도 크나큰 상처를 받을 수 있다.

누군가를 생각할 때 마음속에 응어리가 맺힌다면
"이해할게."가 아닌 "서운하다."라고 말을 해야 하고,
누군가를 좋아할 때는 "나는 이런 사람이 좋아."라고 말하기보다
"나는 너가 좋다."라고 말을 하는 것이 좋고,
누군가가 싫을 때는 좋은 척, 괜찮은 척 가식을 떨기보다는
"이런 모습이 나와 맞지 않는 거 같다."라고 솔직하게
말하는 것이 좋다.

한마디를 건네도 상대방의 입장에서 충분히 생각을 해보고 말을 하자.
사소한 말 한마디가 누군가에게 따뜻함을 건네주기도 하지만
잘못된 말 한마디로 사람을 잃을 수도 있기 때문이다.

완벽하게
　　살아가지 않을 것

하고자 하는 일이 안 풀려 조급해질 수도 있고,
바쁘게 이것저것 준비하다 보면 실수를 할 수도 있다.

남들 힘든 거 얘기할 때
다들 힘든데 나까지 힘들다고 말할 필요가 있냐며
위로만 해주지 않아도 되고,
어떤 친구에게 서운한 일이 생겨 얘기할까 말까 고민하다
혹여나 관계가 틀어지거나 멀어질까 봐 뭐든 괜찮다며
받아주지 않아도 된다.

삶을 살아가는 데 있어 완벽한 것보다 적당한 흠이 있는 게 좋다.
실수해도 좋고, 서운하면 화를 내도 좋다.

지치면 쉬어가도 좋고, 힘들면 힘들다고 말해도 좋다.
아픔에 흠뻑 젖어 소나기가 세차게 내리듯 울어도 좋다.

강한 척, 모든 일에 완벽한 사람인 척 살아가지 않아도 된다.
당신도 여린 사람인 것을.

나를 사랑하는
            것만큼

어느 시기에 모든 것이 싫어지는 경우가 종종 생기고는 한다.
사람을 만나러 나서는 것도, 예쁜 옷을 입고 시내를 돌아다니는 것도,
무기력함에 사소하게 느꼈던 행복마저 잃어버릴 때가 찾아온다.
아침부터 저녁까지 이불 속에 있는 나태한 나를 발견하기도 하고, 별
것도 아닌 일에 주변 사람들에게 괜한 화를 내기도 하고, 아무것도 손
에 잡히지 않는 상태가 한 번씩 찾아오기도 한다.

이런 경우는 분명 심적인 여유가 없는 사람들에게 많이 나타난다.
하루를 기계처럼 보낸 것은 아닌지, 주변에 예쁜 광경이 있어도 앞만
보고 뛰는 것은 아닌지, 아니면 다른 사람과 비교하니 내가 부족해 보
여서 싫어진 것이 아닌지.

하루를, 아니면 일주일을, 아니면 한 달을 나를 돌아볼 필요가 있다.
길가를 지나가다가 조그마하게 핀 꽃을 쭈그려 앉아 구경하기도 하
고, 넓은 해수욕장 모랫바닥에 앉아 맥주를 마셔보기도 하고, 업무에
지칠 대로 지쳤다면 휴일에 새벽까지 친구들과 놀아보기도 하고, 무
엇보다도 나에게 필요한 것들 그리고 내가 가지고 싶은 것들을 스스
로 선물해보는 것이 좋다.

세상 살기가 마냥 힘들 것이다. 너무 벅차다고 해서 나를 미워해서는
더더욱 안 된다. 매일 지칠 때마다 내가 좋아하는 것들과 힐링이 될
수 있는 것들로 채워나가다 보면 웃고 있는 나를 볼 수 있다.
그리고 살다 보면 나를 사랑하는 것만큼 즐겁고 재미난 일은 어디에
도 없다.

비교하며
　　　살지 말자

나와 비슷한 나이의 사람들이 무엇을 이루었든, 무엇을 가지고 있든
신경 쓰지 말자.
누가 잘되어 있든, 누가 잘되어 있지 않든 나의 삶과 아무런 연관이 없다.
잘되어 있는 사람들은 보이지 않는 곳에서도 남들보다 열심히 했다는
증거인 것이고, 잘되어 있지 않은 사람들은 사사건건 남들을 보며 시
기질투를 일삼아왔을 수 있다.

'노력은 배신하지 않는다.'는 말이 있다.
말 그대로다. 노력은 절대 배신하지 않는다.
손을 놓고 아무것도 하지 않으면 얻는 것은 하나도 없을 것이고,
노력을 하고 있다면 지금이 아니어도 언젠간 얻게 될 것이다.
남들에게 시선을 두지 말고, 오롯이 나에게 집중을 해야 한다.

주변 사람들보다 못해도 좋고, 느려도 좋다.
포기하지 않고 하고 있다면, 그리고 노력하고 있다면 이루고자 하는
것을 꼭 이룰 수 있을 것이다.

인간관계

좋은 인간관계의 정의는 무엇일까.

인간관계를 두고 보면 넓고 많은 것이 좋은 거라 착각하는 사람들이 꽤나 많다. 잘 알지는 못해도 언젠가 인연이 될 거라 믿으며 수없이 사람을 늘려가는 사람도 있고, 소중한 사람 몇 명에서 더 이상 늘려가지 않는 사람도 있다.

우리는 사람이 많고 적고의 문제를 떠나서 정작 가깝지 않은 사람들과 가까워지기 위해서 너무 힘을 쏟고 있는 것은 아닌지, 정말 소중한 사람들은 "친하니까 괜찮아."라며 소홀히 대하거나 멀리하고 있는 것은 아닌지를 생각해봐야 한다.

당신에게 정말 소중한 사람이 몇 명이 있냐고 물어보면 가족과 이성 친구 외 친한 친구 이름이 몇 명씩 나오고는 한다.

그렇다. 나를 위해서 울어주고 웃어줄 수 있는 내 사람 두세 명을 얕은 사람 100명과 바꿀 수 없다는 것이다.

인간관계엔 많은 노력이 필요하지만 살아가는 데 있어 친한 척 흉내를 내는 관계에 힘을 쏟기보다는 나 그대로의 모습을 보여줄 수 있는 관계에 소홀하지 않았으면 좋겠다.

사람이 사람을
만든다

학교를 다니다 보면 또는 직장을 다니다 보면 이유도 없이 나를 싫어
하는 사람들이 꼭 존재하기 마련이다. 내가 조금 더 잘해서 관계를 발
전시켜볼까 해도 밑 빠진 독에 물 붓기다. 이유 없이 싫어했으니 좋아
할 이유도 없기 때문이다.

'내가 좋은 사람이 되어야 좋은 사람이 온다.'라는 말이 있다.
나는 딱히 이 구절을 좋아하지 않는다.
'굳이 내가 싫은 사람에게도 좋은 사람이 되어야 할 필요가 있을까.'
하는 생각이 들기도 한다.

많게도 적게도 하지 말고 나에게 보이는 태도만큼 해주는 것.
사람이 사람을 만든다.

사람은 책과 같다.

읽으면 읽을수록 별로거나

읽으면 읽을수록 와닿는다.

감정을 배우다

어른이 된다는 것

아무렇지 않은 것이 아닌데 모르는 척, 괜찮은 척을 하며 지낼 때가
많아졌다. 조금씩 아주 조금씩 무엇이든 이해하기 시작했고, 나와 다르
다고 해서 화를 표출하거나 등한시하지 않고 나를 내려놓기 시작했다.
어쩌면 어른이 된다는 것은 마음이 무뎌지고 있다는 뜻이 아닐까.
어렸을 때는 가지고 싶은 것을 떼를 써서라도 가지려고 했고,
돈이 궁할 때는 아끼고 아껴서 가지고 싶은 것을 사고 그랬는데,
사람을 대할 때도 마찬가지로 멀어지는 친구를 보면 마음 아프기도
하고, 좋아하는 사람이 날 보지 않으면 눈물이 나기도 했는데.
이제는 가지고 싶은 것을 가지지 못하더라도 크게 미련 두지 않고
사람이 떠나가는 것에 대해 덤덤하게 받아들이곤 한다.
그렇게 아무렇지 않게 감정이 무뎌지고 떠나는 것에 익숙해지며
나는 조금씩 모든 것을 받아들이는 어른이 되어가는지도 모르겠다.

사랑하는 자세

사랑을 하고 이별을 했다.
누군가에게 나를 내어주기도 하고, 나를 잃어보기도 했다.
미안한 마음을 사랑이라 착각했던 적도 있었고,
좋아하는 마음을 억지로 접어야 했던 적도 있었고,
삶의 일부가 될 만큼 사랑했던 사람도 있었고,
일상생활이 가능하지 못할 만큼 아팠던 적도 있었고,
사람을 잊지 못해 원망도 해보고, 함께한 시간을 아까워하기도 했다.

이렇게 사람을 만나고 떠나보낼 때는
사랑이 변질되지 않도록 마음속 깊이 새겨야 할 것이 있다.
사랑을 할 때 아낌없이 모두를 내어주는 마음과
이별을 할 때 미련 없이 모두를 떠나보내는 자세다.

오랫동안 사랑할 수 있는 이유

가끔 친구들이 나에게 묻는다. 어떻게 하면 여자친구와 예쁘게 오래 만날 수 있냐고. 우선 나는 여자친구와 추억이 많다. 휴대폰에 저장된 사진이 5천 장이 넘을 정도로. 평소 사진을 찍는 것을 좋아하는 성격은 아니지만, 이제는 내가 먼저 사진 잘 나왔냐고 물어본다. 그리고 새로운 예쁜 사진이 생길 때마다 메시지 프로필에 사진을 넣기도 한다. 별거 아닌 거 같지만 누군가와 사랑함에 있어 추억은 정말 소중한 것이라는 걸 깨닫는다.

알콩달콩 티격태격 여자친구와 2년쯤 되었을까? 크게 한 번 다툰 적이 있다. 이유는 간단했다. 처음과 같지 않다는 것. 이런 것이 흔히 말하는 익숙함에 속았다고 얘기하는 것일까? 우리는 서운하거나 섭섭한 것이 있다면 곧바로 얘기를 하고는 했는데 여자친구는 이번 일이 헤어짐의 원인이 될까 봐 많이 무서웠나 보다. 울면서 변했냐고 말하는 여자친구를 보며 마음이 많이 아팠다.

가끔 사람을 오래 만나다 보면 상대방을 다 안다고 착각하는 경우가 생긴다. 그것은 어쩌면 상대방을 과소평가하는 것과 마찬가지라고 볼 수 있다. 사랑을 할 때 보이지 않는 곳에서 상대를 생각하고 위하는 마음을 표현하는 사람들도 있지만 아무것도 말을 하지 않고 보이지 않는 곳에서 노력하고 챙겨주는 사람들도 있기 때문이다.

어느덧 여자친구와 만난 지 4년이 다 되어가는데 평일에는 어디를 놀러 갈지 생각을 해보고 주말이 되면 근처 꽃 축제나 예쁜 카페를 찾아 돌아다닌다. 사실 나는 카페에 오래 앉아 있는 것을 좋아하는 것도 아니고, 사람이 득실거리는 곳을 좋아하는 것도 아니고 예쁜 꽃을 좋아하는 것도 아니다. 다만 예쁜 곳에서 예쁘게 웃고 있는 여자친구를 보고 싶은 것뿐이다.

사랑하는 사람과 오랫동안 행복하기 위해서는 노력이 필요하다는 것을 말해주고 싶다. 그리고 어느 누군가가 행복하기 위해 노력하는 것이 힘들지 않냐고 물어본다면 먹기 힘든 음식이 나오면 손으로 까주는 것도, 변덕스러운 날씨에 한 개의 우산으로 더욱 가까이 걸을 수 있는 것, 갑작스레 여자친구가 아팠을 때 병원을 같이 갈 수 있는 것, 하루를 같이 보내고 나면 아쉬움이 남은 채 집을 데려다주는 것. 나는 그 사람을 위해 사랑하는 모든 일들이 행복하다.

명심하자. 노력하지 않으면 영원히 머물러 있는 것은 없다. 그 사람과 만났던 처음과 그 사람을 위해 해줬던 것들을 생각해보자. 그리고 지금은 너무 소홀해진 것은 아닌지, 당연히 내 곁에 머물고 있을 거라고 착각하고 있지는 않은지를. 아직 늦지 않았다. 과하지 않게 몇 송이의 꽃을 들고 생각나서 샀다며 꽃을 주기도 하고, 피곤하지만 쉬는 날이 되면 멀어도 되지 않으니 가까운 곳이라도 가서 즐겁게 시간을 보내자. 지금 곁에 머물러 있는 그 사람, 충분히 사랑받아도 마땅한 사람이잖아.

불완전한 우리가
완벽해지는 일은
큰 것들이 아니라
사소한 것에서부터
시작되는 것이다.

자존감 높이기.

성호승

항상 나를 관리하기.

남들과 비교하지 않기.

상처를 부끄러워하지 않기.

뭐든 다 예뻐해 주는 사람 만나기.

지금의 나를 있는 그대로 사랑하기.

무엇보다
　　나를 위해서

여백이 많으면 많을수록 걱정거리로 가득 차게 된다.
생각이 많은 사람들은 하루를 좋아하는 것들로 가득 채워보자.
틈틈이 좋아하는 노래를 반복적으로 듣기도 하고,
맛있는 음식점을 찾아 함께 먹으러 갈 사람들을 모아보기도 하고,
비 오는 날 똑똑 떨어지는 빗소리에 귀를 기울여보기도 하고,
취미나 좋아하는 일들을 해보기도 하자.
주말이 되면 눈과 마음이 즐겁고 행복할 수 있는 예쁜 곳으로
떠나보기도 하자.
그렇게 걱정 하나 들어올 틈 없이 좋아하는 것들로 가득 채워나가자.
그 무엇보다 나를 위해서.

사랑으로 인한
트라우마

우리는 사랑이라는 것을 따로 배우지 못한다. 누군가가 옆에서 가르쳐주는 것도 아니고 마음을 알려주는 것 또한 아니다.

아무것도 모르는 상태에서 사랑을 하다 보면 간혹 안 좋은 방식을 사랑이라 착각하는 경우가 생기기도 한다. 그것이 바로 모든 것을 주기만 하는 사랑 방식인 것이다.

그렇게 사랑을 2~3년 하다 보면 잘못된 사랑 방식이 습관처럼 몸에 배기 마련이다. 내가 없는 사랑이 무슨 사랑일까, 스스로를 점점 잃어가는 것을 느낄 수 있을 것이다. 왜? 단 한 번도 내가 우선이었던 적이 없었을 테니까. 망가질 대로 망가진 내가 점점 미워질 테고 자존감도 한없이 떨어질 것이다. 정말 심한 사람들은 우울증 초기 증세까지 보이기도 한다.

모두가 그렇게 말을 한다. 시간이 지나면 다 괜찮아질 것이라고.

트라우마 자체는 그렇게 쉽게 없어지지 않는다.

떠오르지 않았으면 하는 이미지가 선명하게 나타나고 오랫동안 나를 괴롭힌다. 떠오를 때마다 가슴이 답답하고 불안해진다. 힘든 경우 병원을 찾기도 하지만 그건 일시적인 안정일 뿐 그 이상을 찾기 힘들다.

트라우마를 이겨내는 방법은 다양하지만 병원보다도 스스로의 다짐이 중요하다고 생각한다. 난 이겨낼 수 있다는 마음가짐이 절대적으로 필요하다. 우선 나쁜 생각을 하지 않게끔 하루를 알차게 보내야 한다. 다양한 사람들과 따뜻한 대화를 나누고 평소 하지 못했던 것들을 계획해서 앞으로의 나를 준비하는 것도 괜찮다.

세상에 이겨낼 수 없는 것은 없다. 스스로의 다짐이 내일을 바꾼다.

가끔

주위에서 연애를 하지 않는 사람들은 대부분 오랜 시간 사랑을 하다
헤어진 경우가 많다.
지나간 연애에 분명 모든 걸 다 쏟아 붓다시피 사랑을 했을 것이다.
좀처럼 연애가 필요하다, 사랑을 하고 싶다는 마음은 찾아오지 않고
마음이 차가워질 대로 차가워져서 만나는 사람마다 매번 미지근한 만
남을 가지기 일쑤다.
꽤 많은 시간이 흘렀는데도 가끔, 아주 가끔 생각을 한다.
전에 만나던 그 사람의 모습이 아닌 그때 그 순간을 애틋하게 사랑했
던 나를, 세상에서 한 사람만 보이는 그때와 같은 사랑을 또다시 할 수
있을까를.

감정의 불공평

상처를 받은 사람들은 괜찮은 척, 아무렇지 않은 척하기 바쁜데
상처를 줬던 사람들은 꼭 더 괴로운 척, 아프고 힘이 드는 척을 한다.

아이러니할 수밖에 없다. 인터넷에 떠도는 글 중에 그런 말이 있다.
매번 정신과에 진료를 받으러 찾아오는 환자를 보면 대부분 상처를
받은 사람들이라는. 정작 치료를 받아야 하는 사람들은 상처를 주는
사람들인데 말이다.

어쩌면 감정이라는 것은 불공평한 건지도 모르겠다.
상처를 줬던 사람들이 어찌 더 잘 지내는 것을 보면.

힘들지 않은
사람은 없다

힘든 일이 있어 오늘 하루는 주변 친구에게 술 한잔하자고 말했다.
그렇게 술집에 앉아 나의 고민과 힘듦을 듣던 친구는 나에게
"겨우 그거 가지고?"라는 말을 던졌다.
그 말 한마디에 나의 얘기는 뒷전이 되고, 내내 친구의 걱정거리만
들어줬다.
"겨우 그거 가지고."라는 말에는 어떤 의미가 담겨 있는 걸까?
주변 사람들은 과연 나의 힘듦을 알까? 나는 정말 힘든 것이 아닐까?
주변 사람들이 더 힘든 삶을 살고 있는 걸까?

사실상 우리는 사랑하는 가족보다, 그리고 주변 소중한 사람들보다
학생이면 학우들과, 성인이 되었다면 직장 동료들과 시간을 더 오래
보내게 된다. 따지고 보면 정작 가까운 주변 사람들은 나의 일상과 힘
듦 자체를 가늠할 수 없다는 얘기인 것이다.

나의 힘듦을 무시하는 사람에게는 일상을 공유하지 않는 것이 좋다.
어떤 말을 해도 본인만 세상에서 제일 힘든 사람이라 생각하기
때문이다.

세상 어디에도 무엇 하나 숨기지 않은 사람이 없다.
남들보다 뒤처지는 거 같아 불안해하는 사람도 있을 것이며,
매일을 걱정으로 물들여 밤마다 잠을 못 자는 사람도 있을 것이며,
남몰래 펑펑 울면서 버티는 사람도 있을 것이다.

아픔을 숨긴 채 애써 지내는 사람도 언젠간 무너질 수도 있기에
개인이 짊어지고 있는 힘든 무게를 쉽게 판단하지 않았으면 좋겠다.

그리고 힘들어도 꿋꿋이 버티고 있는 당신은
비가 오나 눈이 오나 웃는 사람이 되었으면 하고,
버티고 또 버틴 만큼 세상에서 빛을 보기를 바란다.

행복을
만끽하는 방법

퇴근 후 선선한 바람 아래 돗자리를 펴놓고 나태하게 앉아 맥주를 마시며 밤하늘의 별을 나지막이 보고 있는 것. 하루 종일 메시지를 보내고 받으면서 얼굴만 보면 몇 시간을 떠들어대도 시간이 모자란 친구들이 있는 것. 타인의 말 한마디 한마디에 의미 부여를 하지 않으며, 마음이 약해질 때마다 좋아하는 것들로 나를 채우는 것. 가지지 못하는 것에 욕심을 두지 않으며 가지고 있는 것들을 더욱 소중히 하는 것. 누군가의 달달한 속삭임에 마음이 마구마구 설레도 보고, 무엇도 아깝지 않다고 느껴지는 사람을 만나 해가 뜰 때까지 사랑을 나누는 것. 무엇보다도 소중한 사람들과 함께 오랫동안 머물 수 있는 것.

그런 연애를
해요

만나기 전날이면 무슨 옷을 입을까 고민을 하기도 하고,
아침부터 얼굴 볼 생각에 어김없이 설레기도 하고,
보자마자 서로 입이 귀에 걸릴 만큼 웃기도 하고,
당연하다는 듯 매 순간순간 손을 잡고 걷고,
밥을 먹을 때 서로 맛있다며 먹어보라고 챙겨주고,
사진 찍을 때 서로 이상하다며 장난도 치고,
집에 가는 버스에서 어깨에 기대어 졸고 있는 모습을 보기도 하고,
집에 다 왔을 때 잘 가라며 아쉬워서 손을 두 번 세 번 흔들기도 하고,
돌아섰는데 너무 보내기가 싫어 다시 한 번 안아보는.

대단한 사람

아파도 쉬지 못하고 웃으며 일을 해야 하고, 반말하는 손님에게도 친절히 대해야 하고, 끼니를 시간에 맞춰 챙겨 먹지 못하며 일을 하는 사람도 있을 거고.

출근 시간은 칼같이 하면서 퇴근 시간은 눈치를 봐야 하고,
상사가 시도 때도 없이 일을 주기도, 핀잔을 주기도 하고,
몸이 힘든 것보다 정신적으로 많이 힘든 사람들도 있을 거고.

흔히 말하는 갑질을 죄송하다는 말과 감사하다는 말로 이겨내야 할 때도 있고, 하루 종일 기계가 된 듯 마냥 똑같은 일을 반복적으로 하는 사람들도 있을 거고.

시도 때도 없이 오르는 물가에 스트레스가 이만저만이 아닌 사람들도 있을 거고, 근로자들을 다 챙겨주고 싶지만 여유가 되지 않아 달마다 심적으로 힘들어하는 사람들도 있을 것이다.

이게 우리가 사는 삶이다. 세상에 힘들지 않은 사람은 아무도 없고 그래도 우리는 울지 않고 웃으며 사는 사람들이다. 어디에도 대단하지 않은 사람은 없으며 세상 살아가는 모든 사람들은 대단한 사람들이다.

착한아이 증후군

착한아이 증후군은 나이가 들어서도 자신에게 솔직하지 못하고 타인을 위해 노력하며 사는 것을 일컫는다.

나를 억압하면서까지 '착하지 않으면 사랑받지 못한다.'는 마음을 가지고 살아가기 때문에 타인의 요구에 하나하나 다 맞춰주고 받아주기 일쑤이다.

착한아이 증후군의 특징은 요즘 세대의 사람들에게도 많이 보인다.

뭔가 모르게 속은 어두운 것 같은데 항상 명랑하고 밝은 모습만 보이려 하고, 타인의 부탁을 절대 거절하지 않으며 그 부탁을 들어주기 위해 자신의 일들을 뒷전으로 두기도 한다. 그리고 제일 문제인 점은 잘못하지 않았어도 타인과의 원만한 관계를 유지하기 위해 잘못했다고 먼저 사과를 하는 것이다.

꼭 병적으로 확인이 되어야 증후군에 걸린 것이 아니라 항상 타인을 우선순위로 두는 사람들에겐 착한아이 증후군이 스며들 수도 있다는 얘기인 것이다.

우리는 스스로 감정을 컨트롤할 수 있어야 한다. 싫으면 싫은 것들, 힘들면 힘든 것들, 아프면 아픈 것들에 대해 쉽게 말로 뱉을 수 있어야 한다. 타인을 위한 삶은 결코 행복할 수 없기 때문이다.

쉽게 바뀌지는 않을지라도 내가 변할 수 있다는 믿음을 가지는 것. 마음만 먹는다면 점차 눈에 띄게 변하는 나를 발견 할 수 있다. 무리하게 타인과 거리를 두지 않아도 된다. 조금씩, 아주 조금씩 하나둘 내려놓는 것이 좋다.
본인의 행복을 내팽개치면서까지 남을 위해 사는 것, 그것보다 불행한 일은 어디에도 없다.

사랑은 노력하고 싶은
것일지도 모른다

당신을 얼마 만나지는 않았지만 첫 만남 이후에 느낀 점이 두 가지가 있다. 한 가지는 사랑하는 속도와 성향이 나랑 맞지 않다는 것, 그리고 다른 한 가지는 그럼에도 불구하고 당신에게 좋은 사람이 되도록 노력하고 싶어졌다는 것.

첫 느낌에 사랑이라 확신을 가지는 사람과 달리 사랑이라는 것이 마음에 와닿기까지 시간이 오래 걸리는 사람들도 있다. 긴 시간 연락을 주고받으며 만나는 시간까지 남들보다 많다. 분명 서로가 사랑하는 성향이 다르면 서서히 멀어지는 관계가 될 수도 있다. 그럼에도 불구하고 멀어지는 것보다 속도가 느린 사람을 이해하며 발을 맞춰 걷기로 마음먹는다. 어쩌면 사랑이라는 것은 내가 원하는 것을 가진 사람을 만나는 것보다 맞춰주고 싶은 사람이 생기는 것에 더 가까운 것일지도 모르겠다.

사계절

구름 한 점 없는 예쁜 계절에 만나 어느덧 하늘이 노란빛으로 물드는 가을이 되었고, 당신과 조금 더 가까워졌던 추운 겨울에는 따뜻한 벽난로 앞에서 피지도 않은 꽃놀이 계획을 세웠지. 그렇게 덥지도 춥지도 않은 봄이 찾아오자 분홍분홍한 나무를 보며 쉴 새 없이 추억을 담았고, 무더운 여름이 찾아와도 우리는 땀에 젖은 손을 놓지 않았지. 계절마다 아름다운 당신이 있었고, 그런 당신은 나의 사계절을 더욱 빛나게 했지.

사람과
　　살아간다는 것

한때 아빠는 가부장적이라고 생각한 적이 있었다. 일이 바빠서일까, 삶에 지쳐서일까, 집안일을 하시는 것을 본 적이 없는 것 같다. 하지만 요즘은 집에 엄마가 없을 때 아빠가 쌀을 씻고 밥을 짓거나 설거지는 물론 빨래도 하시고는 한다. 그런 모습에 궁금했던 나는 빨래를 널고 있는 아빠한테 물어봤다. "나는 아빠가 집안일 절대 안 할 줄 알았는데 생각보다 잘하시네요?"

아빠는 어이없다는 표정으로 웃음을 피웠고 그 후 TV를 켜고 자리에 앉아 소파에 누워 있는 나를 보며 말씀하셨다. "내가 해야 할 일들을 지금에 와서 하는 게 미안한 것이지, 단 한 번도 엄마가 모두 다 해야 한다고 생각해본 적 없단다."라고.

그 말을 듣고 아빠가 엄마에게 미안한 마음을 가지고 살아가신다는 것을 알 수 있었다. 서로를 끔찍이 생각하는 부모님도 가끔씩은 성격 문제로 티격태격하시고는 한다.

항상 여유가 많고 긍정적인 엄마에 비해 아빠는 매사 꼼꼼하고 남들에게 폐 끼치는 것을 싫어해서 무엇이든 일찍 준비를 하신다.

생을 함께하는 동안 다소 서로에게 불편함을 느낄 수도 있고 함께 걸어가기에 발이 맞지 않을 수도 있지만 사소하게 다툼이 일어날 때마다 아빠는 엄마한테 "예쁘면 다야?"라고 말씀하시며 매번 지는 것을 볼 수 있다.

'사람이 사람과 함께 살아갈 때 자존심을 내세워 상대방을 짓누르고 우위에 서는 것이 아니라 한 발짝 뒤로 물러나 상대방을 이해하고 배려해야 더 예쁘게 살아갈 수 있지 않나.'라는 생각을 아빠를 보며 많이 한다.

영화 같은 삶을
　　　살아갈 것

당신이 사는 하루가 영화 속 한 장면이라고 생각해보자.

슬픔을 주체 못해 펑펑 울며 아픔을 겪는 장면도 있을 거고, 일이 잘 풀려 멋있는 사람이 되어 있는 장면도 있을 것이고, 누군가에게 푹 빠져 달콤한 솜사탕 같은 사랑을 하는 장면도 있을 것이다.

모든 영화가 그렇다. 마냥 행복하고 즐겁기만 한 영화가 좋은 영화는 아니다. 처음이 중요한 것도 아니고, 엔딩이 중요한 것도 아니다. 영화가 흐르는 흐름, 즉 과정이 중요하다고 생각한다. 슬픈 장면과 행복한 장면이 함께 공존하며 주저앉고 일어서는 것을 반복해야 더욱 아름다운 결말을 볼 수 있다고 생각한다. 주연이 되든 조연이 되든 당신만의 삶을 아름다운 영화로 만들어 가며 살아가기를 바란다

시간의 소중함

살아가는 매 순간순간을 소중히 여기며 살아갈 필요가 있다.

어렸을 때는 공부가 하기 싫어 매일같이 노는 것에 행복함을 느끼고, 부모님께 용돈을 받아 생활하는 게 싫어서 빨리 어른이 되어 돈을 벌고 싶은 마음이 정말 컸다. 하지만 막상 고3이 지나 성인이 되었을 때는 막막함이 몰려왔다. 하고자 하는 것이 쉽게 되지 않았기 때문이다. 가끔은 다시 10대로 돌아가고 싶다는 생각을 한다. 미래를 깊게 생각하지 않아도 되었고, 돈을 벌지 않아도 부모님이 옆에서 챙겨주셨으니까. 그리고 학교 가는 것과 공부하는 것 외엔 고민이 없었으니까. 나이가 들면 들수록 삶이 더 무겁고 가빠지는 것 같다.

사회생활을 하다 보면 나이가 30대인 사람들은 20대를 보며 이런 말을 한다. 20대에서 30대로 앞자리 수가 넘어가는 건 금방이라고.

하지만 40대는 또 이런 말을 한다. 30에서 40으로 앞자리 수가 바뀌는 것은 20에서 30으로 가는 것보다 더 빠르다고.

인생은 자동차 속도 계기판과 같지 않을까. 엑셀을 밟고 20km를 쭉 가는 것보다 30~40km를 가는 것이 더 빠른 것처럼.

앞자리 수가 바뀔 때마다 세월은 더 빠르게 지나가리란 것을 직감할 수 있었다.

앞으로도 돌아오지 않을 시간이다.

살아 있음에 행복을 느끼고, 후회 없는 삶을 살아가고,

매 순간순간이 아름다운 것임을 잊지 않고 살아갔으면 좋겠다.

당신은 꼭 그런 사랑을 하라.   성효송

만나는 횟수가 거듭될수록 행복한 사랑을 하라.

힘듦과 아픔을 얘기할 수 있는 사랑을 하라.

아낌없이 주고 싶은 사랑을 하라.

허물 벗듯 다 보여줄 수 있는 사랑을 하라.

그리고,

당신을 소중히 하는 사람과 함께 사랑을 하라

나는
　　나일 뿐이다

어디를 가나 싫은 소리를 꼭 해야 마음이 편안한 사람들이 있다.
그들은 자기와 가치관이 다르다는 것에 불만을 느껴 마찰을 일으키
고, 굳이 꺼내지 않아도 될 말들을 거리낌 없이 하여 상대방에게 상처
를 주고는 한다.

나는 인스타그램이라는 SNS를 이용하면서 라이브 방송을 가끔 한다.
글을 쓰는 사람이라고 해서 방송을 통해 책을 소개하거나 좋은 글귀
를 읽어주지는 않는다. 하루하루를 웃지 않고 살아가는 사람들이 많
지 않은가. 나는 독자들에게 웃음을 주기로 했다. 고민을 듣고 나와
독자들이 함께 사람들을 위로해주는 컨텐츠를 진행 중이다. 그런 방
송을 보고 한 독자님이 메시지를 보내왔다.
"작가면 작가답게 감정을 전달하는 일에만 충실하세요."라고.
그 말을 들은 나는 헛웃음이 나왔다.

나는 그 독자님에게 "제 글을 받아 보세요."라고 얘기한 적도 없고, 강요를 한 적도 없다. 그 독자님이 생각하는 작가라는 이미지와 내가 다르다고 하여 어떻게 핀잔을 줄 수 있는지 이해할 수 없었다.

나는 나일 뿐이다. 내가 좋아하는 것들을 하고 싶다. 그리고 내가 전달하고 싶은 것들을 독자들에게 전달해주고 싶다.

무엇보다 중요한 것은 내가 하고자 하는 일에 타인의 시선을 너무 가까이해서는 안 된다는 것이다. 보기 싫다면 보지 않고, 말하기 싫으면 말하지 않으면 될 것을 구태여 상대방에게 상처를 주지 않았으면 좋겠다.

당신에게만 싫은 사람이고 당신과 다를 뿐 그 사람도 다른 누군가에게는 소중한 사람이기 때문이다.

나를 싫어하는
　　　사람에게

이유도 없이 나를 싫어하는 사람에게 굳이 비위 맞춰가며 이해를 시키고 싶지도 않다. 나를 싫어하는 사람과는 말 한 번 섞어본 적 없었고, 쓴소리도 하지 않았다. 그저 아무 이유 없이 겉만 보고 사람을 판단하는 사람에게는 잘해줄 필요가 없다는 생각이 든다.

친구가 저 사람이 저래서 싫다고 얘기한다고 해서 나까지 그 사람을 싫어할 필요는 없다. 우리는 서로 아끼고 좋은 사이에서 틀어지더라도 바로 잡으며 더욱 돈독히 하는 것이 맞다.

꽃은
다시 핀다

실패를 경험하게 되면 절망 속으로 가라앉는 사람들이 있다.
"나는 다시 일어설 수 없을 거야.", "무엇을 해도 또 실패할 거야."
크나큰 도돌이표에 갇혀 이겨내지 못하고 나를 내려놓는 경우까지 오기도 한다.
주변 사람들이 "너는 할 수 있다, 일어설 수 있다."라고 말을 해주어도 마음속에 깊이 박힌 응어리는 쉽게 풀리지 않는다. 정작 바뀌어야 할 것은 실패를 경험한 사람들의 마음가짐이기 때문이다.

주저앉은 사람을 옆에서 백날 일으켜줘도 스스로 일어설 의지가 없다면 절대 일어설 수 없다. 주저앉아 포기할 거면 울지도 말아라. 하지만 다시 이겨내겠다는 마음가짐은 당신을 달리 만들 것이다.
수백 번을 짓밟혀도 좋고, 수천 번을 흔들려도 좋다. 당신에게 다시 꽃을 피우려는 마음만 있다면 그 어떤 것도 이겨낼 수 있다.

사랑의 타이밍

사람이 오고 가는 것에 대해 깊게 마음을 두었던 것 같다.
멀어지는 것이 두려웠고, 가까워지는 것은 당연했다.
가끔 누군가가 상처가 많은 나에게 다가와 마음의 문을 툭툭 치고는
한다.
"좋아해요, 문 좀 열어 열어주세요." 진심인지 거짓인지 모르겠다.
사람에 대한 불신이 커져 아물지 못한 상처 그리고 두려움과 아픔이
앞선다.

누구에게나 또 다른 사랑은 찾아올 수 있고, 누구에게나 또 다른 사람
이 찾아올 수 있다는 것. 사람이 사람의 손을 다시 잡는다는 것은 아
픔을 안아주는 것이고 기다려주는 것이다.

그렇게 나를 잡아당기지도, 밀지도 않은 사람이 문을 더 이상 두드리지 않을 때 나는 "잠깐만요."라고 외치기도 한다.

사랑의 타이밍이라는 것은 어쩌면, 사람의 마음을 가진다는 것은 어쩌면 아무는 것을 기다릴 때와 아물지 않은 것을 이해했을 때 가장 아름다운 것일지도 모르겠다.

여유 있는 삶을
살아갈 것

하루하루를 힘들게 살아가는 사람들이 꽤나 많은가 보다.
사람들의 말 한마디, 한마디에 웃음기가 없다. 이런 것이 흔히 말하는
먹고 살기 위해서 살아간다는 것일까? 일과 집 외에는 아무것도 하지
않는 사람들. 지칠 대로 지쳐 아무것도 하기 싫은 사람들.
회사를 다니는 사람들은 일을 마치고 삶의 원동력을 높일 운동이나
취미생활을 하려고 하지만 쉽게 하지 못한다. 대부분 직장을 다니는
사람들은 다 알아도 못하는 것이 많다. 지쳐 있으면 집에 있는 것만이
행복이라 느끼며 살아가기 때문이다.

여유 있는 삶이라는 것은 따지고 보면 별거 없다.
충분히 수면을 취하는 것, 밥을 먹고 차가운 아메리카노 한 잔을 마시
는 것, 일을 끝마치고 집에 들어가기 전까지 전화를 하는 것, 따뜻한
물로 나를 적셔주는 것, 불을 끄고 침대에 누워 잔잔한 클래식 음악을

듣는 것. 그리고 무엇보다 본인이 좋아하는 것을 조금씩 하는 것.
여유를 찾는다는 것은 어쩌면 본래의 내가 좋아하는 것들을 찾는 것
일지도 모른다.

한 귀로 듣고
한 귀로 흘린다

어느 직장을 가도 이상한 사람들은 꼭 있다고 한다. 이유 없이 나를
싫어하거나 비아냥거리는 사람도 물론 존재하더라.

이런 사람들은 여러 명이서 한 명을 깔아뭉개는 것을 즐기기도 한다.
말이라는 것이 그렇다. 말을 하는 사람으로부터 듣는 사람에게까지
와전의 연속이다. "조금 더 보태서 얘기를 해도 괜찮겠지?", "들은 얘
긴데 이 사람한테 얘기해도 되겠지?"라는 안이한 태도가 한 사람을 짓
밟을 수도 있는 것이다.

사람 사이는 복잡하고 오고 가는 대화도 많기 때문에 하나하나 신경
쓰고 살기에는 피곤함이 먼저 몰려온다.

옛말 중 "한 귀로 듣고 한 귀로 흘려라."는 말이 있다.

틀린 말이 하나 없다. 누가 뭐라고 하든 한 귀로 듣고 한 귀로 흘려버
려라.

말 한마디에 감정이 요동치는 사람과는 함께할 수가 없으니 말 한 마디로도 나를 믿어주고 아껴줄 수 있는 사람과 함께하면 된다. 만약 직장의 모든 이가 나를 겨냥한다고 한들 모두를 듣고 모두를 흘려라. 소중하지 않은 사람과 괜찮은 척 웃고 지내는 것보다 혼자 지내는 것이 더 편하다.

이별
극복 방법

사실 이별을 빨리 극복하는 방법은 어디에도 존재하지 않는다. 스스로 노력하며 마음을 채워야 하는 부분이기 때문이다.

잘 모르겠다면 집 안에 있는 물건 중 뾰족한 부분을 찾아 주먹으로 쳐보자. 분명히 상처가 나고 피가 흐를 것이다. 그 상처를 손으로 짓누르면 아픔은 2배가 되고 3배가 된다. 그리고 상처에 약을 발라주지 않으면 다친 부위가 곪고 곪아서 더욱 위험해진다.

이별도 마찬가지이다. 그 사람이 생각나서 SNS를 한 번 더 눌러보고, 보고 싶어서 초인종을 한 번 더 눌러보고, 연락하고 싶어서 그 사람의 전화번호를 한 번 더 누르다 보면 마음이 더 쓰라리게 아파질 거라는 얘기다.

쉽게 말해 이별을 극복하는 방법 중 가장 좋은 방법은 나를 내려놓는 것이다. 아픔은 아픔대로 흐느끼며 받아들이는 것이 좋다.

아주 가끔 길거리를 걷다 생각에 잠겨 목적지를 지나쳐 걸어도 되고, 밤새도록 술을 마시다 마음 아파 가슴을 치며 눈물을 보여도 되고, 남 몰래 가지고 있던 사진을 보며 옛일을 하나씩 돌아봐도 괜찮다. 잊을 때까지 아픔을 충분히 적셔주는 것이 좋다.

그렇게 울다 웃다, 주저앉았다 일어났다 하다 보면 밑바닥을 보였던 나의 옛 모습에 미소가 머금어질 때가 올 것이다. '그땐 그렇게 사랑했었지.'라고.

실은 많이 아프지만
덤덤한 척했다

그 사람과 나란히 카페에 앉아 얼굴을 보며 이별을 고했다.

아무렇지도 않은 표정에 적잖이 당황했다. 그 사람은 날 사랑하지 않는다는 것을 알고 있었는데도 불구하고.

그렇게 자리에서 일어나 무작정 걷기 시작했다. 시내 끝자락에 자리 잡은 단골 포장마차가 보였다. 이 집 떡볶이는 매우면서도 달달했는데 오늘은 혼자 와서 그런지, 떡이 눅눅해서 그런지 목이 메어 맛이 없었다. 10분, 30분, 50분 걷다 보니 어느새 집 앞에 도착했다. 집엔 왜 이렇게 들어가기 싫은지 부서진 마음을 어딘가에 내려놓고 싶었다.

사실 오늘 나는 이별을 말하려고 한 게 아니었다. 그냥 조금만 더 잘해주면 안 되냐고, 내가 이렇게 많이 서운해한다고, 나만 사랑하는 거 같아서 마음이 쓰리다고, 계속 싸우며 지내고 싶지 않다고, 처음처럼 예쁘게 만나고 싶다고 말하고 싶었는데.

아무렇지 않게 받아들이는 그 사람을 보고 실은 많이 아팠지만 덤덤한 척했다. 사랑하고 있지만 사랑하지 않는 척 당신과 똑같이 아무렇지도 않다고 말했다.

나는 분명 하루가 지나고 나면 더 아플 것이다. 계절이 바뀌어도 나는 당신을 걱정하거나 생각할 것이다. 이렇게 나를 잘 알면서도 감정을 숨기고 드러내지 않았다. 혹여 지나가다 마주쳐도 아프지만 덤덤한 척할 것이다.

이것은 우리가 만났던 시간을 애써 외면하려고 하는 것이 아니라 내가 당신을 사랑했기 때문에 나에게 예의를 지키는 것이다.

정말 예쁘게 사랑하고 있는 사람들은

자주 듣는 말이 있다.

"서로 많이 닮아 있네요."

있는 그대로

SNS 라이브 방송을 하다 친해진 독자들이 많이 생겼다. 덕분에 고민 얘기도 자주 듣고는 한다. 한 분이 회사에 마음에 드는 사람이 생겼다고 얘기를 했다. 많이 들뜬 듯했다.

"처음에 식당에서 그 사람을 봤는데 웃는 모습이 너무 예뻤어요. 그래서 기억하고 있다가 회사 아는 오빠와 얘기하던 도중 웃는 모습이 예쁜 사람을 소개받고 싶다고 얘기했어요. 마침 그분도 여자친구가 없었고, 연락하고 있는 사람도 없어서 저를 소개받았어요. 연락은 하고 있는데 이 사람은 아직 저의 얼굴을 모르는 상태예요. 웃는 모습이 예쁜 이 오빠는 첫 만남을 꽤나 중요시하고 눈 마주치는 것과 말투 그리고 행동들을 눈여겨보는 편이라고 얘기를 해요. 저는 눈 작은 게 콤플렉스기도 하고 부끄러움도 많아서 눈도 잘 쳐다보지 못할 거 같아요. 첫 만남인데 너무 편하게 나가고 싶지는 않아서 물어보고 싶어요. 어떻게 그 사람한테 잘 보일 수 있을까요?"

첫 만남을 위해 잘 보이고 싶은 마음은 이해가 가나, 나를 잃어버리면서까지 만남에 집중할 필요는 없다. 나는 나의 가치를 존중할 줄 알아야 하며 어디 가서도 부끄러워하지 않아야 한다. 자존감이라는 것은 나의 가치에서 시작을 하는 것이며 사랑을 할 때에도 우선순위를 남에게 두어서는 안 된다. 설상 좋아하는 사람과 멀어진다고 해도 말이다. 있는 그대로 보여지는 나의 모습에 떠나가는 사람이 있다면 미련을 둘 필요도 없다. 있는 그대로의 모습을 보여주며 사랑을 받고 사랑을 주었으면 좋겠다. 그리고 사랑을 시작하려거든 먼저 나다움이라는 것을 잃지 말고 나를 더 예뻐하였으면 좋겠다.

당신은 보석임을
잊지 않을 것

자신의 가치를 낮추는 일, 어쩌면 스스로 원석임을 부정하고 있는 일인지도 모른다. 말로는 무엇을 해야지 하면서도 행동으로 옮기지 않은 것들, 모든 실수와 잘못을 나의 잘못이라며 떠넘기는 것들.

무엇보다 나는 아무것도 해낼 수 없다는 썩어빠진 마음가짐과 어느 누구도 나를 사랑하지 않을 거라는 태도.

사람과 사랑 때문에 자존감이 낮아진 사람들은 한 번 더 나를 냉철하게 돌아볼 필요가 있다. 나를 사랑하는 방법은 남들이 좋다고 하는 책에서도 찾아볼 수 없고 말로 쉽게 하나씩 나열을 해주어도 크게 마음에 와닿지 못한다. 스스로 마음을 달리 먹지 않으면 결코 빛이 나는 보석이 될 수 없기 때문이다.

시작은 마음가짐을 달리하고, 조금은 차갑고 냉정하게 시선을 두며, 급하지 않게 천천히 나를 찾아가는 것. 빛이 나도록 예쁘게 다듬지 못했을 뿐 당신의 가치는 보석과 가깝다는 것을 잊지 않았으면 좋겠다.

눈으로 보는 것만큼
　　아름다운 것은 없다

남 : 꽃 보러 멀리까지 왔는데 사진 같은 건 안 찍어요?
　　대부분 여자들은 예쁜 것만 보면 사진을 찍던데.

여 : 사진 찍기는 하죠.
　　근데 사진은 눈으로 보는 것만큼 예쁘지 않은 것 같더라고요.

남 : 아…. 그래서 그랬구나.

여 : 뭐가요?

남 : 만날 때마다 예뻐 보여서요.

행복을 남기려고 사진을 찍고는 한다. 한 장, 두 장 쌓이다 보면 몇백 장, 몇천 장까지 쌓이기도 한다. 이것을 우리는 추억이라 부르기도 한다. 시간이 흐르고 흘러서 지나간 일들을 돌이켜보려고 사진을 꺼내 들고는 여기는 이렇게 예뻤지, 저렇게 예뻤지 많은 얘기를 주고받는데, 역시 상상 속의 당신은 눈으로 보는 그 순간이 정말 예쁘고 아름다웠던 거 같다.

참, 지금도 내가 바라보는 당신의 예쁨은 변함이 없고.

완벽주의자의 흠

나는 완벽한 삶을 살고 싶다. 일을 하는 데 있어서, 사람들과의 관계에 있어서 나는 뭐든지 완벽함을 추구하며 살아간다.

시작하는 일이 있으면 실수 없이 깔끔하게 끝을 내고 다른 일을 해야 하며, 사람들과의 관계에서도 나는 좋은 사람, 좋은 이미지로 기억되기를 바란다.

나는 일이든 사람과의 자리든 끝났을 때 다시 한 번 더 생각을 되새김한다. 무엇을 위해 완벽하게 살아가는지 모르겠다고 그러면서도 완벽하게 살아가려고 한다.

2018년 3월, 나는 사업을 시작했으나 결국 주저앉게 되었다. 동업한 사람의 문제라고 할 수도 있지만 내 문제가 더 크다고 생각한다. 실패라는 단어를 몸소 경험해보지 못한 터라 충격이 매우 컸다. 불안하고 또 불안했다.

대금 결제부터 시작해서 사업 정리 마무리까지 어디에 털어놓을 데도 없어 속앓이를 끙끙 하던 찰나 나는 부모님에게 사실대로 얘기를 하기로 했다.

"사업 하나 말아 먹었어~"

괜찮은 척, 나는 또 이겨낼 수 있는 척, 척이라는 척은 다한 거 같다. 엄마는 나에게 좋은 경험이 되었다면 됐다고 말씀을 하셨지만 아빠는 달랐다. 완벽주의자에 가까운 나의 성격을 아는 탓인지, 아님 요즘 아빠보다 먼저 집에 항상 들어와 있어서 그런 건지 아빠는 엄마와 다르게 말씀하셨다.

"호승아, 세상엔 완벽한 물건은 있어도 완벽한 사람은 없다. 누구나 흠 하나 정도는 들고 살아야 그게 사람인 거다."라고.

나는 더
성숙해진다

잘하지도 않는 일을, 못하는 일들을 잘하려고 하다 보니 요즘 나는 많이 힘이 든다.

친구들은 말한다. "너는 잘할 거야.", "매번 잘해 왔잖아. 이번에도 잘하겠지."

아니다. 나는 잘하는 건 없다. 잘하려고 노력한 거지. 원하는 일도 아닌 일들을 하고 있는 나에게 주변 사람들이 해주는 말 한마디, 한마디가 점점 무거워져 가고 지쳐만 간다.

문득 예전을 떠올려보면 주변 사람들의 너니까 잘 해낼 거라는 말에 나는 마치 모든 일을 다 잘할 수 있을 거라고 생각하고 다짐을 했던 것 같다. 말 한마디에 웃고 지내고 더 마음을 세웠던 거 같은데 지금은 왜 이렇게 된 걸까?

주변 사람들이 달라지는 것이 아니라 스스로가 달라진 것이다.

앞서 힘든 일이 있어도 생각보다 잘 풀렸던 것과 달리 현재는 풀어지지 않을 것만 같은 실타래가 눈앞에 서 있기 때문이다. 힘을 내서 해 보려고 해도 얇디얇은 실타래는 손에서 어긋나기 일쑤고, 풀면 풀수록 더 엉키고 엉키는 실타래가 미워지고, 이런 상황이 답답하여 화가 나는 것. 그러니 주변 사람들이 나를 이렇게 만든 거라며 합리화를 하는 것과 마찬가지라고 할 수 있다. 사람이 성장하는 것은 행복만으로는 가능하지 않다. 아픔과 실패가 있어야만 성장할 수 있다고 생각을 한다. 잘하지도 못하는 나를 타인이 아닌 스스로가 잘할 수 있을 거라며 보듬어주기도 하고, 항상 잘하려고 하기보다 실수해도 괜찮다며 웃고 넘길 수 있어야 한다.

생각해보면 타인이 백날 옆에서 너는 잘한다고 말해주는 것보다 본인 스스로 거울을 보며 나에게 "잘했어."라고 말하는 게 더 기쁘고 행복하다는 것을 알 수 있다.

아프면
　　　쉬는 것부터

초등학교, 중학교, 고등학교 생활기록부를 보면 개근상이 하나도 없다. 개근상을 받은 친구들은 "야, 나 초중고 모두 개근상 받았어."라고 자랑을 하고는 하는데 도무지 이것이 왜 자랑인지를 이해할 수 없었다. 물론 학교를 빠짐없이 나가서 뒤처지지 않도록 공부를 해야 하는 것이 맞으나 초중고를 다 포함해 10년 동안 한 번도 아픈 적이 없었을까? 나는 아프면 아프다고 선생님께 꼬박꼬박 말하고 집에 가서 쉬었지만 부모님은 나에게 단 한 번도 괜찮냐고, 많이 아프냐고 물어봐주지도 않았고, 따뜻하게 맞이해준 적도 없었다. 돌아오는 대답은 "아파도 학교 가서 아파."였다. 그렇다고 지금의 부모님이 미운 건 아니지만 그 순간만큼은 많이 미웠다.

간호학을 전공한 사람들이 말하기를 사람은 약하다는 것, 운동을 해도 잘 먹고 다녀도 약하다는 것이다. 하지만 쉽게 죽지 않는다고 얘기를 한다. 즉 이래도 저래도 아픈 건 매한가지라는 얘기인 것이다.

나는 아파도 참고 열심히 했다는 것에 심취하지 않았으면 좋겠다.
그것은 멋진 것이 아니라 바보 같은 짓이 분명하니까.
아프면 내 몸을 따뜻하게 쉬어주는 것 그리고 회복시켜주는 것이 맞
는 일이다.

진심 어리지 않은
관계는 언제나 외롭다

외로움을 느낀다는 것은 외롭지 않았던 적이 있어서 그렇다는 말을
들은 적이 있다. 나에게 누군가가 들어오고 나가는 것은 설렘을 주기
도 하고 불안함을 주기도 하는 것 같다. 수없이 들락날락하는 사람들
을 보며 느낀 건 진심 어린 마음이 담기지 않은 사이는 언제나 차갑
고, 춥고, 외롭다는 것이다.

하지만 우리는 또 다른 낯선 사람과 따뜻함을 속삭이다 외로움이 언
제 있었냐는 듯 떠들썩하게 정을 주기도 한다.

여기서 중요한 것은 외로움을 이기고자 나를 버리면서 사람과 만나지
않는 것이며 하루를 다정함으로 따뜻하게 채워줄 수 있는 사람과 계
절을 걷는 것이다.

사람은 겪어보지 않으면
알 수 없다

조건 없이 나를 아껴주는 사람도 있을 것이며
기준 없이 나를 싫어하는 사람도 있을 것이다.
인간관계의 정의라는 것은 딱히 정해진 것이 없다.
처음에는 '좋은 사람이구나.'라고 생각했던 사람도 아나나 다를까
점차 나를 서운하게 만드는 경우도 있을 것이고
별로 나와 맞지 않을 거 같던 사람도 몇 번 자리를 함께하다 보니
잘 맞고 코드가 비슷한 경우도 있을 것이다.

관계라는 것이 그렇다.
좋다가도 싫어지는 것이 사람 사이고,
달달하다가도 쓴 것이 되는 게 사람 마음이다.

그러니 사람을 처음부터 기준을 정해서 판단하지 말고
겪어보라는 것이다.
어차피 손을 놓을 사이라면 쉽게 손을 놓을 것이고,
손을 끝까지 잡고 있을 사이라면 어떤 이유에서든 놓지 않을 것이기
때문이다.

사랑 앞에
사람은

나는 "인연이라면 만나겠죠."라는 말을 딱히 좋아하지 않는다.
좋고 싫음에 명백한 선이 없기 때문이다.
누군가와 연락을 주고받다 어느새 발을 간질이듯 마음이 떨리기 시작
한다면 직설적으로 만나보고 싶다고 말을 하는 것이 좋고
문득 아무 이유 없이 좋아하는 사람의 얼굴이 머릿속을 휘젓거나 맴
돌 때는 보고 싶다고 말을 하는 것이 좋다.
연락을 주고받다 본인이 생각하는 것과 상대방이 많이 다르다면 어떠
한 명분을 내세워서라도 끝을 정확히 맺는 것이 좋다.
오묘하게 왔다갔다 사람의 마음과 기분을 흔드는 것은 사람을 더욱
지치게 만들거나 시작이라는 단어에 두려움을 가져다주기도 하기 때
문이다.
사랑 앞에 사람은 좋음과 싫음을 정확하게 구분해 놓을 필요가 있다.

아름다운 사랑

사람을 만나는 자리에서 항상 서두르고 빠른 전개를 원하는 사람과의 사랑은 진실한 사랑이 아니라고 생각을 한다. 사람을 빨리 가지는 것이 아니라, 천천히 하나씩 알아가는 것에 행복을 느끼는 것이 아름다운 사랑이라 느껴진다. 함께 눈을 보고 대화하는 자리에서 부끄러워 말을 더듬기도 해보고, 자신이 못나 보였을까 봐 세상 가장 붉은 빛보다 빨간 귀가 되어보기도 하고, 손을 잡고 싶거나 입을 맞추고 싶을 때 혹시나 좋아하는 사람이 거부를 하거나 싫어할까 봐 조심스럽기까지. 진짜 아름다운 사랑이라는 것은 그렇다.

내가 하는 사랑에 혹여 내가 사랑하는 사람이 다칠까 봐 두려운.

그런 사람을 만나요.

사랑한다는 말로 부족해서

밤하늘에 별도 따다 준다는,

말도 안 되는 사랑도 하겠다는 그런 사람.

사랑이라는 것은
　　　　정말 정직하다

사랑이라는 것은 굉장히 정직하다.

바쁘더라도 시간이 나면 틈틈이 연락을 해주고, 잠깐 목소리가 듣고 싶었다며 전화를 해주는 것. 차가운 손이 따뜻해질 만큼 다정하게 아껴주며 내 사람의 말을 누구보다 먼저 믿어주는 것. 약속 시간에 늦어도 괜찮다고 배려해주는 것. 미래가 불투명하다고 능력이 없다며 다그치거나 하지 않고 잘될 거라며 웃으며 기다려주는 것. 제일 중요한 것은 우리 사이에 틈이 생기지 않도록 노력하며 걱정시키지 않는 것. 정직한 사랑이라는 것이 그렇다. 보이는 것만큼 커지거나 보여주지 못한 만큼 작아진다.

불쑥 찾아온
사랑에

추운 겨울이 되면 괜스레 사랑이 드문드문 그리워지기도 한다.
손과 발이 많이 차가워서일까?
사람의 따뜻한 온기가 그립기도 하다.
아니면 사계절 모두를 차갑게 보내왔던 탓이기도 할까?
다가오는 겨울을 덥고 뜨거운 여름처럼 보내고 싶기도 하다.

어느 때와 다름없이 온기가 돌지 않는 차가운 온도로 하루를 보내다
추운 겨울, 어느 낯선 누군가가 소복소복 소리 없이 걸어와 따뜻하다
못해 뜨겁게 사랑을 쿵쾅쿵쾅 두드려줬으면 좋겠다.
그렇게 불쑥 찾아온 사랑이란 손님에 모든 걸 걸기도 하는.

나에게도
맞는 것이 있다

친구들과 옷을 사러 갈 때, 나는 나에게 맞는 옷을 찾아 둘러본다.
옷을 입어보려고 하자 친구 한 명이 말한다.
"너에게 맞는 이미지의 옷이 아니다."라고.
또 다른 친구는 말한다.
"아니야, 너니까 이런 옷도 소화할 수 있는 거야."라고.
따지고 보면 딱히 정답이 있는 것은 아니다. 결국 결정하는 것은 나의
몫이기 때문이다.
마찬가지로 사람 사이도 들여다보면 어떤 사람이 나에게 좋은 사람이
고 어떤 사람이 나에게 안 좋은 사람이라고 확실하게 구분 지을 수가
없다. 즉 나를 이해해주거나 내가 받아줄 수 있는 사람이 곧 나에게는
좋은 사람이 되는 것이다.

마찰이 일어나도 흐트러지지 않고, 누군가의 수군거림에 흔들리지 않는 무거운 사람들과 나의 관계라는 퍼즐 속에서 맞는 사람들의 조각들을 맞추며 살아가면 되는 것. 그것이 곧 나에게 맞는 것이며 좋은 사람들이다.

살아가면서
　　　중요한 것

풍족하게 살아가는 것이 행복의 일부분이기도 하고, 바쁜데도 여유롭게 살아가는 것 또한 행복의 일부분이기도 하다. 하지만 우리는 보이지 않는 지나치게 먼 곳을 바라보며 살아가는 경우가 많다.

지금 순간순간이 힘들어도, 앞이 보이지 않을 만큼 어두컴컴해도 하루를 버티면서 웃으며 지낼 수 있는 이유는 아마 나에게 소중한 사람들이 있어서가 아닐까 하는 생각이 문득 들고는 한다.

내가 아끼는 사람들 그리고 나를 아껴주는 사람들과 비집고 들어올 틈 없이 행복하게 지내는 것이 살아가는 데 있어 제일 중요한 것 같다.

쉬어갈 줄도
　　　알아야지

걱정이 많다는 건 머릿속에 고민이란 악마가 살고 있는 것이다.
시간이 지나면 잊힌다는 것을 알면서도 걱정을 하는 것이겠지만
걱정이라는 악마에게 마음을 내어줘서는 안 된다.
마음이 건강해야 몸도 건강하다는 말, 생각해보면 맞는 말이다.
머릿속이 심하게 요동칠 때 따뜻한 커피로 마음을 안정시켜주고
감정 억제가 되지 않을 때는 사랑하는 사람들과 대화를 하자.
몸도 그렇고 마음도 그렇고
더 크게 아프지 않게 쉬어갈 줄도 알아야 한다.

우울을
이겨내는 법

눈부시게 밝은 날에도 비가 오는 것처럼 웃고 지내는 나에게 아무런 이유 없이 의욕 없는 나태한 우울이 찾아오고는 한다.

걱정이 나를 헤쳐서도 아니고, 어떤 이유로 나를 괴롭히는 것 또한 아니다. 그저 자연스럽게 우울이라는 비가 찾아온 것이다. 그럴 때는 쏟아지는 빗줄기를 우산으로 피하는 것이 좋다. 우울함으로 물들지 않기 위해서다.

쏟아지는 우울이라는 비를 피해 조그마한 동네 카페에 들러 따뜻한 아메리카노 한 잔을 음미하고, 소중한 사람과 저녁 약속을 잡아 눈과 입이 행복할 수 있는 맛있는 저녁을 먹자. 그리고 집에 들어섰을 때 잔잔한 클래식 음악과 적당한 온도의 물로 나를 씻어내자. 그렇게 우울이라는 비가 와도 행복으로 가득 채우면 내일은 또 다른 맑은 날이 찾아올 것이다. 하루를 빈틈없이 사랑하자. 우울이 들어올 수 없도록.

우울이 나를 가끔
　　　주저앉게 만든다

쉬지 않고 달려온 만큼 빼먹은 것이 없을까 불안하다.
빈틈없이 사람을 사랑한 만큼 걱정을 하며 지낸다.
하나씩 다가올 때는 적잖이 괜찮은 것도 같은데
한꺼번에 모든 것이 몰려오면 조금은 버거워지고는 한다.
그러고는 우울한 것들이 바닥을 칠 때
나의 감정은 우왕좌왕 갈 곳을 잃은 듯 마냥 움직인다.
기어코 우울을 아등바등 이겨내려다 눈물이 흘러내릴 때
나는 사랑하는 사람들을 떠올린다.
이겨내지 못할 거 같던 것들도 이겨낼 수 있게 하는 내 사람들.

당당하고
　　우아하게 걷기

나에게 맞지 않는 과한 걸음은 오히려 독이 된다. 사람은 각자만의 걷는 속도가 있다.

빠르게 걷는 사람들은 남들이 아직 보지 못한 것들을 누구보다 일찍 보며 행복을 느낄 수도 있지만 작고 사소한 것을 놓치기도 한다. 하지만 걸음이 느린 사람들은 먼 곳을 두려워하나 작지만 사소하고 소소한 것들을 즐기기도 한다.

어떤 걸음이 더 좋은 걸음이라 말을 하고 판단할 수 없지만 당신은 당신이 가지고 있는 걸음을 행복이라 느끼며 걷는다. 하루하루 나아가는 것을 타인과 비교하지 않으며 당당하고 우아하게 걷는다.

이별도
후회 없이

헤어진 사람을 두고 고민을 하는 사람들이 꽤나 많더라고요.
아닌 걸 알면서도 헤어짐을 선택한 것을 후회하고, 마음 아파하고,
보고 싶어 하고.
이별을 하고 지내는 시간이 나로 가득 찬다면 득이 되지만 이별을 하
고 지내는 시간이 오롯이 남이 된다면 스스로를 망치기도 하더라고요.
결국 헤어진 사람을 다시 만나고 안 만나고는 답이 정해져 있지 않아
요. 10명 중 9명은 다시 만나도 똑같을 것이라고 말을 하지만 10명 중
1명이 될 수도 있는 것이 사랑이니까 모든 선택은 스스로 후회가 없는
쪽으로 하기로 해요. 다시 그 사람을 만나 상처를 받든 행복하게 되든,
다시 그 사람을 만나지 않아서 후회를 하는 지금 순간만큼은 마음이
움직이는 대로 내가 하고 싶은 것으로 결정해요.
사람 마음이라는 것이 그렇더라고요. 1%만 있으면 99%를 이기기도
하는.

당신에게 또다시
　　　사랑은 찾아온다

사랑하는 사람과 헤어지던 날, 눈에 눈물이 반쯤 고인 채로 집에 들어와 화장실로 곧장 들어섰죠. 샤워기를 틀어놓고 한 시간을 울었어요. 그 와중에도 우는 소리가 새어 나갈까 봐 목에 힘 주고 운 거 있죠. 울다가 숨이 막혀 죽을 것만 같더라고요. 처음으로 사랑다운 사랑을 한 거 같아서 더 울었고, 생각보다 못해준 게 많은 거 같아서 더 울었고, 이렇게 비참하게 헤어졌는데도 나는 아직까지도 그 사람을 사랑하는 거 같아서 더 울었어요. 헤어질 때는 애써 덤덤한 척했는데 실은 괜찮지가 않았어요. 그렇게 죽을 만큼 울다 보니 사람을 못 믿겠더라고요. 나에게 오는 모든 사랑이 또 죽을 만큼 아프게 될까 봐 아무도 믿지 못했어요. 그러고는 나의 자존감이 낭떠러지로 떨어졌죠. 그때는 그랬어요. 나는 '또다시 사랑을 할 수 있을까.'가 아니라 '좋은 사람을 만날 수 있을까?'라는 생각을 더 많이 한 거 같아요. 그렇게 계절이 지나 걷고 또 걸어가다 보니 작아졌던 나를 하나둘 바라봐주는 사람이 있더라고요. 누군가에게 먼저 다가가려고 했던 것도 아니었고 누군가가 먼저 다가오기를 바란 것도 아니에요. 우연히 아주 우연히 어떤 낯선 사람이 다가와 죽을 만큼 아팠던 나를 그리고 상처를 안아주더라고요. 한없이 다정하게 한없이 따뜻하게요. 흉터에 새살이 돋은 듯 가슴도 마구마구 뛰기 시작했어요.

그래서 그때 느꼈죠. '사람을 사랑하고 사람에게 사랑을 받는 것보다 행복한 건 없구나.'라고.

울지도 말고 아파하지도 말거라.

상처는 불필요한 것들을 걸러내기 위해

인간이 주는 유일한 선물이다.

변하지 않는 것

해가 바뀔수록 많은 변화를 겪었다.

교복을 입고 공부를 하던 내가 스스로 나아가 돈을 벌기도 하고, 한때는 없으면 안 될 거 같던 사랑했던 사람을 이제는 전화번호가 기억이 나지 않을 만큼 잊어버리기도 하고, 주변 사람들과 자주 가던 맛집이 오래되어 다른 건물이 들어서기도 했고, 소중한 사람들을 떠나보내면서 아프기도 했고, 새로운 사람들을 만나 지속적으로 기쁨을 나누기도 했다.

이렇게 세월이 흘러 계절을 보내고 또 보내면서 변하지 않는 것들도 있었다. 그것이 바로 우정이다.

성인이 되면서 하루하루가 바빠 오랫동안 보지 못해도 어색함이라고는 눈곱만큼도 찾아볼 수 없도록 만나면 시간이 가는지도 모르고 떠들기도 하고, 때로는 서로 맞지 않는 의견 때문에 다투기도 하지만 학창시절부터 지금까지 힘든 일이 있으면 함께 울고, 좋은 일이 있으면 함께 웃었다.

앞으로도 세월이 변하고 변해도 변하지 않는 친구들을 소중히 하며
오랫동안 함께 머물도록 노력해야겠다.

자랑스러운 나의 친구들아, 정말 고맙고 사랑한다.

특별하다는 것

특별하다는 것이 생각보다 거창하지 않다.
물질적인 것만이 특별한 것이 아니기 때문이다.
사랑을 시작할 때 물건보다 마음을 더 쓰고
시간이 날 때마다 만나지 않고
시간을 만들어서라도 보고픔을 달래주는 것.
특별하게 사랑한다는 것이 이렇게나 별것 없다.
사랑으로 하루를 빛나게 해주는 것뿐.

현실이라는 말로

타인의 꿈을 현실이라는 단어로 쉽게 짓밟는 사람들이 있다.

무엇을 하고 싶다는 얘기에 상대방은 현실적으로 얘기해주는 거라며 뜬금없이 상처를 주고는 한다.

꿈을 얘기한 사람이 몇 없는 소중한 사람이라면 "할 수 있겠어?", "망한 사람들 많던데.", "늦은 거 같은데.", "미래를 보면 희망이 없어.", "사서 고생하지 마." 이런 말들을 해줄 것이 아니라 "그래, 한 번 부딪쳐 봐.", "더 늦기 전에 시작해봐.", "될 때까지 포기하지 마."라고 해주어야 한다.

무게를 이겨내려고 하는 사람들에게 말 한마디는 엄청나게 큰 힘이 된다. 현실이라는 무게가 얼마나 큰 지는 지금 시작하려고 하는 사람들도 알기 때문에 친하다는 이유로, 오래된 사이라는 이유로 말을 쉽게 내뱉지 않았으면 좋겠다.

성숙해지기

이번 한 해는 요동치는 그래프마냥 굴곡이 많았다.

좋은 사람을 떠나보내기도 하고, 하는 일이 잘 풀리지 않아 고난을 겪기도 하고, 마음 아파 눈물로 밤을 지새우기까지.

돌아보면 평범하게 행복함을 느끼는 것조차 하지 못했던 거 같다. 그래도 잘 버텼다. 아픔을 모두 잊어내지는 못해도 아픔 때문에 나를 옭아매지는 않았으니까.

한 해가 바뀌고 또 바뀌어도 나는 아픔에 성숙해질 것이다. 이루지 못한 것을 이루어볼 것이고, 떠나간 사람에 대한 미련은 더 내려놓을 것이고, 나를 사랑하지 못한 만큼 아낌없이 사랑을 줄 것이다.

나를
우선으로 하기

혼자라는 이유만으로 외로움을 느끼는 것은
살면서 나 자신을 챙기지 못한 시간이 많기 때문에 그렇다.
사랑을 시작하거나 사람과 이별을 할 때
항상 남이 우선순위가 되었던 게 분명하다.

상처받은 사람들은 자책하기보다 자신을 더 사랑하는 법을 배워야 한
다. 늦었어도 배워야 한다. 누군가가 소리 없이 다가와 내 곁에 머무
르기 전에 혼자 있는 시간을 더욱더 사랑하고 또 사랑하는 의미 있고
가치 있는 시간을 보냈으면 좋겠다.

떠나갈 사람들은 떠나가고
머무를 사람들은 머무르게 되어 있다.
그렇게 인간관계는
상처와 행복 사이에서 그네처럼
왔다 갔다 한다.

사랑에 다친
　　　　사람은

사람을 만나도 연애를 하지 못하는 이유는 사람을 쉽게 믿지 못해서
이다.
헤어지고 난 후 우울함을 느끼고 아파하는 사람들은 대부분 정이 많
아 사랑을 했던 순간만큼은 헌신적으로 하는 경우가 많다.

이별을 하고 혼자 있는 시간이 오래 되었는데도 매번 누군가를 만나
는 자리에서 쉽사리 사랑이란 감정을 느끼지 못한다.
그런 나를 보며 주변 사람들은 "눈이 높다, 사람을 재지 마."라고 얘기
를 한다.

난 사람을 보는 눈이 까다로운 것이 아니고 하나하나 재려고 하는 것
또한 아니다. 아파본 사람이 아픈 마음을 알 듯 상처가 또다시 반복이
될까 봐 두려워 그렇다.

아픔의 크기에는 말할 수 없을 만큼이란 것도 있기 때문에 사람을 알아가는 것조차 무섭기도 해서 그렇다.

겨울 사랑

평소 추위를 많이 타는 내가
겨울 바다를 보러 가자고 얘기한다면
사랑을 시작하고 있는 것일지도 모른다.
사람의 온도로 따뜻함을 느낄 수 있는 좋은 계절이다.

삶에 우선이 있다면
그 첫 번째가 나여야 한다

옆자리가 오래 비어 있었다. 사람을 만나지 않아서가 아니라
아직 사랑할 준비가 되지 않아서다.
항상 남이 우선이어서 나를 많이 사랑하지 못했나 보다.
요즘은 나를 사랑하는 일들을 즐기고 있다.
집 앞 공원에서 커피를 들고 산책을 하기도 하고,
예쁜 것들을 보면 이것저것 변신도 해보고,
친구들과 해가 뜰 때까지 술로 밤을 새우기도 하고,
가지 못했던 해외여행, 그리고 가족들과 함께하는 자리가 늘었다.

나를 사랑하는 것부터 시작하지 않으면 보지 못한 소중한 것들을
놓치며 살아가는 것 같다.

인간관계에서
회의감을 느낄 때

호의를 너무 당연하게 생각할 때
나의 고민과 걱정이 약점으로 돌아올 때
타인과 거리를 두는 나를 발견했을 때
사소한 일로 한순간에 무너졌을 때
가까운 사람이 나의 뒷담화를 들어도 가만히 있을 때
내 마음을 툭 털어놓을 사람 하나 없을 때
나만 노력해야 관계가 유지될 때

나를 위해 버려야 할것들   성호승

· 하고 싶은 것은 많은데) 시간이 없다며 핑계 대는 일.

· 주변 모든 이에게 좋은 사람이 되려고 하는 것.

· 나는 못난 사람이라며 자존감을 낮추는 말들.

· 주위 사람들 눈치 보며 행동 하는 것.

· 지치고 힘든데, 괜찮다며 강한 척 하는 것.

· 스쳐간 사랑과 지나간 인간관계에 연연 하는 것.

연인 사이에
　　연락은

연인 사이에 연락은 당연해서 하는 것이 아니다.

연락이 늦을 거 같으면 왜 늦는지,
지금은 뭐하고 있는지,
내가 무엇을 할 건지,
어디에 있는지.

연락의 빈도가 중요한 것이 아니다.
다른 사람에게 전달받지 않도록
물어보지 않아도 가르쳐주는 것.

걱정하지 않게 믿음을 주는 것.
보이지 않는 곳에서도 행복을 주는 것.

곁에 있지 않아도 사랑을 주는 것.

연락이라는 것이 그렇다.
당신을 아낌없이 생각하고 사랑하고 있다는 아름다운 증거다.

사랑해서 괜찮아?

가끔 보면 힘들고 지치는데도 사랑이라 믿는 바보도 있더라.

주관적인 생각이 아니냐고? 네. 아니에요.

사람이 사람을 만나는 데 있어 모두가 맞을 수는 없다. 크고 작은 다툼이 심심치 않게 일어나는 연인들도 있을 것이고, 작은 다툼 하나 없는 완벽한 연인들도 있을 것이다. 사람은 모두가 다르기 때문에 말 한마디에 서운함을 느낄 수도 있고, 행동 하나에 돌아설 수도 있는 것.

하지만 제일 중요한 것은 믿지 못하는 사랑을 하는 경우엔 나락으로 떨어지기 마련이라는 것이다. 사랑을 하면서 하루하루가 괴로운데 사랑해서 괜찮다고? 참을 수 있다고? 밤마다 불안해하고, 사소한 모든 것에 의미를 두는데?

이건 사랑으로 견딜 수 없는 감정이 분명하다. 힘들고 지쳐도 이겨낼 수 있는 사랑은 그 사람을 믿고 있을 때의 얘기다. 믿음이 없는 사랑 따위에는 끝이 어울린다.

사랑이야

평소 사랑이란 감정이 궁금했던 나는 문득 엄마한테 물었다.
"엄마, 엄마는 사랑해서 아빠와 결혼하고 지금까지 살고 있는 거야?"
"음…. 사랑보다는 정인 거 같은데?" 생각했던 것과 다른 답이 나와 흠 칫 놀랐다.
평소 주변 사람들이 부모님께 "금실이 좋다.", "잉꼬 부부다."라고 말 씀을 많이 해주시는데 사랑이 아닌 정으로 살고 있다니. 내가 봐온 것 들이 틀린 걸까?

2017년 3월 14일, 평일이라 출근하는 날이지만 오늘은 조금 다르다.
평소 사탕을 싫어하는 엄마를 위해 아빠는 식탁 위에 작은 편지와 함 께 초콜릿 선물을 놔두고 가셨다.
(달콤한 거 먹고 오늘도 힘내요.)
사실 별거 없지만 초콜릿을 먹지도 않았는데 달콤해지는 기분이다.

아침밥을 먹는 내내 웃음이 떠나지 않는 엄마의 모습을 보고 물었다.

"정인데 이렇게 좋아해?" 한참을 웃다 엄마는 말씀하셨다.

"그러게. 사랑이네."

지나간 이별에 쓸데없이
자존감이 낮아진다

이별이 다가오기까지 아무것도 몰랐다.
그저 사랑이라 믿고 모두를 내던졌다.
하지만 그 사람은 달랐고 "안 맞다."는 말과 함께 이별을 시작했다.

사랑을 하면서 나는 꽤나 달라졌다.
내가 원하지도 않는 모든 것을 그 사람에게 맞추었다.

그 사람은 알까? 안 맞다고 했던 부분들을 사랑하는 그 마음
하나 때문에 모두 바꾸고 있었다는 것을.

헤어짐은 나를 다 잃게 만들었다.
시간이 흘러도 그 사람이 내뱉은 말은 가슴에 가시처럼 박혀 있었고,
외적인 영향으로 인한 것인지, 성격이 정말 안 좋은 것인지

답이 없다는 생각에 나를 자책하게 되었다.

물론 헤어짐에 나의 잘못은 없다고 생각이 들지만
그 사실을 뒤로 묻어둔 채 사랑이란 감정이 앞서 나를 내팽개치고
말았다.

어느 누군가가 그랬다.
사람을 잃을 땐 잃는 것보단 얻는 것이 많아야 한다고.

나를 잃으면 모두를 잃는다는 것을 잊지 않아야 하며
나를 사랑할 줄 알아야 사랑을 줄 수도 있다는 것.
무엇보다 나의 모습 그대로를 사랑해줄 수 있는 사람과 함께
아프지 않은 사랑을 해야 한다.

인정하고 만족하며
　　　　살아가기

스스로 만족하지 못하며 살아가는 사람들이 꽤 많다.
비슷한 또래의 누군가와 나를 비교해 보기도 하고
하는 일이 잘 풀리지 않아 속상하고 답답해하기도 하고
주변 사람들의 위로에 괜찮지 않아도 괜찮은 듯 멋쩍게 웃어넘기기도
하고 돌아오지 않을 지나간 것들을 다시 떠올리며 후회해보기도 한다.
아빠가 항상 하시는 말씀이 있다.
부족함을 아는 것과 모르는 것에는 엄청난 차이가 있는 것이라고.
앞으로의 일을 먼저 생각할 것이 아니라 나를 먼저 인정할 수 있어야
하며 부족한 나라도 안아주고 사랑해줘야 더 발전시킬 수 있다.

기억하자. 부족한 건 잘못이 아니다. 망가지는 것도, 어여뻐지는 것도
나를 얼마나 사랑하느냐에 따라 달라지기 때문이다.

다 괜찮아

하고자 하는 일들이 마음처럼 쉽지 않고 걸어도 걸어도 앞이 어두울
때, 어제와 똑같이 반복되는 일상 속에 지친 내가 보일 때.
끝이 보이지 않는 바다를 보러 나가자.
1시간이라도 좋고,
단 10분만이라도 좋다.
지쳐 쓰러질 것만 같아도 달랠 힘조차 없어 소리 없이 울었던 나를,
스스로 아름다운 것들을 찾아 위로하자.
아무도 몰라주어도 적어도 나는 나에게
고생했다고, 잘 버텨왔다고, 그리고 잘했다고 말해줘야지.

이상적인 인간관계

곁에 끝까지 있을 것만 같던 사람과 멀어지기도 하고 오래되지는 않
았지만 한평생 같이해도 될 것 같은 사람을 만나기도 한다.
살다 보면 인간관계 유지가 참 힘들고 고달플 때가 많다고 느껴진다.

아무리 애써도 멀어지는 사람들은 오래된 물건을 방치해놓은 것마냥
먼지가 쌓일 만큼 멀어진다. 사람을 잃는 것이 무섭고, 곁에 있는 사
람들이 사라지는 것 또한 겁이 난다.

그렇게 시간이 흐르고 흘러도 삶과 사람 사이에 변함없는 몇 명이 있
다. 애쓰지 않아도, 자주 보지는 않아도 마치 매일을 함께하는 것 같
은 그런 사람들. 허물없이, 아낌없이 함께 걸어가는 사람들.
결국 남을 사람들은 끝까지 나의 손을 놓지 않고 남아 있더라.

바쁘다는 핑계는

한 독자분이 나에게 고민이 있다며 물었다.

"한 달도 되지 않은 커플입니다. 연락은 조금 길게 하고 만났는데, 처음에는 일을 해도 꼬박꼬박 보러왔던 사람인데 사귀고 나니 바쁘다는 이유로 저를 멀리하기 시작했습니다. 연락도 그렇고 만남도 그렇고 한 달밖에 되지 않았는데 이 관계를 유지할 수 있을까요?"

질문을 듣고 관계를 유지할 수 있다 없다에 중점을 두지 않았다.

〈인생술집〉이란 프로그램에서 신동엽 씨가 했던 말이 기억이 난다.

"편하게 살고 싶으면 혼자 살고, 행복해지려면 결혼을 하라고."

여기서 이런 말이 왜 필요할까 싶지만, 바쁘다는 핑계는 결국 혼자가 낫다는 얘기이기 때문이다.

사랑을 시작할 때는 바쁘면서도 보려고 하고 아낌없이 연락을 하더니 사귀기 시작하니 점차 연락이 줄어들고 바쁘다며 사람과 사랑을 멀리

한다는 것은 핑계라는 말밖에 되지 않는다.

정말 스스로 여유가 없다고 느껴지거나 바빠서 소홀할 거 같으면 사람을 만나지 않는 것이 맞다. 하지만 지금 사랑을 하고 있고 사람을 만나고 있는 중이라면 일도 사랑도 소홀히 하지 않았으면 좋겠다.

시간을 못 만드는 사랑은 없다. 사랑은 뭐든지 할 수 있게 만들기 때문이다.

오늘의 나에게 미련 두지 않고

내일의 나를 더 사랑할 것.

사람을 거르는
때가 온다

나는 나름 원만한 인간관계를 가지고 있다고 생각했다.
지인에게 쓴소리 한 번 한 적 없었고, 부탁을 하거나 필요한 것이 있다
고 하면 당연히 우리는 그래도 되는 사이라며 기꺼이 다 해주었다.
물론 그 사람들을 다 알기 전까지는 말이다.

사람은 끝이 다가오면 가면을 벗는다.
"한두 번 보고 안 볼 사이인데, 이거 가지고 뭐 생색내겠어?"
아닌 사람들도 분명 있겠지만 몇 명은 꼭 뒤에서 그랬다.
나는 그런 사람들에게 도구가 되기 일쑤였다.

이제는 가면을 벗은 사람들과의 관계 유지를 위해 애쓰지 않고
혼자 바보처럼 아파하지 않기로 했다.

기분이 안 좋으면 밤늦게까지 술을 마셔주는 사람도 있었고
기쁜 일이 있을 때는 먼저 연락해서 축하해주는 사람도 있었고
말하지 않아도 필요하면 언제든 부르라며 든든히 내 편이 되어주는
사람도 있었다.
그런 사람들과 어긋나지 않도록 더욱 노력해야겠다.

사람을 거르는 계기가 온다면 방치하지 말고 확실하게 정리를 했으면
좋겠다.

과연 사랑과 일 중에
우선이라는 것이 존재할까

사랑과 일 중 어느 것이 우선인지 고민을 하는 사람들이 있다.

오래되었지만 〈무한도전〉이라는 프로그램에서 유재석 씨가 그런 말을 한 적이 있다.

유재석 씨의 매니저가 다짜고짜 그에게 고민 상담을 하는데 질문이 "일도 하고 싶고 여자친구도 만나고 싶으면 어떡해야 하나요?"였다.

대답은 "일을 그만두고 여자친구를 만나라."였다.

당황한 매니저는 일도 하고 싶으면 어떡하냐고 되물었지만 대답은 "그럼 일을 열심히 하면 되지."였다.

일도 하면서 여자친구도 만날 순 없을까?

유재석 씨는 말했다.

"일을 핑계로 여자친구에게 잘 못하니까 그렇지."라고.

보통 쉬는 시간 없이 몇 시간을 일에 빠져 있다 보면 쉬는 시간이 왔을 때 누군가와 대화를 하기보다 어디서라도 조금만 쉬고 싶고, 혼자 있고 싶어진다.

여기서 중요한 것은 일이 힘들다는 이유로, 지친다는 이유로 사랑을 소홀히 하게 된다는 것이다. 화장실 가는 시간, 커피를 마시는 시간, 직장 동료와 대화를 하는 시간에도 틈틈이 사랑을 주고받을 시간이 주어지지만 바쁘다는 말 한마디로 모든 핑계를 대신하려고 한다.

시간은 분명 만들 수 있다. 바쁘다는 핑계로 내 사람을 소홀히 하지 말고 틈틈이 사랑을 속삭이자.

사랑과 일 중에 어떤 것이 우선이라고 말할 수 없지만 일도 그렇고 사람 마음도 그렇고 노력하지 않으면 영원히 머물러 있는 것은 없다.

결혼 part.1

우리가 본 지 하루도 지나지 않았는데 만날 때마다 나에게 "보고 싶었어."라고 말하는 사람이 있다. 처음에는 어제도 보고, 지금도 보고 있는데 왜 보고 싶었다고 말을 하는지 이해하지 못했다. 그런 사람과 뜨겁고 차가운 계절을 돌고 돌아 걷다 보니 그 마음을 이해할 수 있었다. 헤어짐이 아쉬워 보고 있어도 보고 싶다는 말이 맴도나 보다. 이제는 혼자 집으로 보내지 말아야지.

사람을 잃어본
　　　　사람은

사람을 잃어본 사람들은 안다.
사람을 만나기가 두렵다는 것을.

누군가와 따뜻한 대화를 주고받는 것도 좋고,
누군가에게 좋아한다고 고백을 받는 것도 좋다.

다 좋은데, 시작은 이상하게 멀게만 느껴진다.
생각은 아닌데 마음은 움직이지 않는다.

이 사람이 말하는 것은 다 진심일까.
이 사람도 오랜만에 사람을 만나서 이러는 것이 아닐까.
이 사람도 내게 상처 준 사람과 똑같이 변하지 않을까.

외모도 성격도 만났던 사람과 모두 다른데 계속 의심만 늘어난다.
이별이 힘들었던 만큼 사람 만나는 것이 순탄하지 못할 거라는 것도
안다.

그걸 알고 있어서 누군가의 손을 쉽게 잡지 못하는 거고
그걸 알고 있기 때문에 누군가에게 기대를 하지 못한다.

더 이상 보고 싶지 않아서.
혼자 아파하고, 혼자 울고 있는 나를.

· 눈치보며 살아가지 않을 것.

· 사람을 빠르게 믿지 않고 의심해볼 것

· 외로움을 사랑이라 착각하지 않을것

· 돈 관계는 친할수록 멀리할 것

· 잘 보여야 하는 사람보다, 잘 해주는 사람을 만날 것.

명심. 정호승

다시
사랑할 수 있을까

나는 누군가에겐 많은 나이이고, 누군가에겐 젊은 나이라는 말을 듣는 딱 그 정도 나이의 여성이다. 어느 누구나 파란만장한 삶을 겪고 있다고 하지만 나 또한 마찬가지로 삶이 아주 스펙터클하다. 20대 초반엔 아무것도 모르고 누군가에게 빠졌다 헤어졌다를 반복했다. 그리고 결혼까지 생각했던 사람과 헤어지기까지 몇 년을 질질 끌었다. 모두가 시간이 아깝다고 얘기하지만…. 맞다. 시간이 너무 아깝다. 왜 한 사람에게 질질 끌려 다녔는지 지금 생각해봐도 도무지 이해를 할수가 없다. 나는 솔로가 된 지 오래됐다. 사람을 만나지 않는다고? 아니다. 누군가를 만나도 다 거기서 거기인 것만 같다. 주변에는 결혼을 해서 아기를 낳은 친구들도 있고, 몇 년을 연애하다 결혼을 준비하고 있는 사람들도 있다. 사랑을 하고 있는 사람, 그리고 그 사람과 함께 살아가고 있는 사람들은 과연 행복할까? 그런 생각과 동시에 나도 주변 사람들과 다를 것 없이 누군가를 사랑하고 누군가에게 사랑받을 수 있을까?'라는 생각이 마음 한구석에 자리를 잡는다.

요즘 '누군가를 만나야겠다, 사랑을 해야겠다.'라는 마음은 사라진 지 오래다. 혼자 있는 것이 편한 것일까? 가끔 주변의 연애하는 사람들을 보면 부럽기도 하지만 혼자 있는 것도 마냥 나쁘지만은 않다. 일단 굉장히 자유롭다. 일이 끝나고 회식에 가거나 친구들을 만나서 밤늦게까지 술을 먹어도 누구 하나 뭐라고 하는 사람이 없기 때문이다. 평소하지 못했던 운동도 할 수 있었고, 여유롭게 음악을 틀어놓고 늦은 시간까지 빈둥빈둥하기도 하고, 생활 패턴이 너무나도 널널했다. 역시나를 사랑하는 것만큼 행복한 건 없는 거 같다.

"나 남자친구랑 너희 집 근처에서 저녁 먹는데 잠깐 나올래?"
뜬금없이 오랫동안 친하게 지내던 친구에게서 연락이 왔다. 남자친구가 있다는 건 알고 있었지만 평소 남자친구 얘기만 할 뿐 소개를 해준 적은 없어서 조금은 당황스러웠다. 하지만 내가 준비까지 하면서 나갈 필요가 있을까? "아니야, 둘이서 저녁 먹어."라고 말했다. 하지만 친구는 끝까지 나에게 보여주고 싶다며 나를 불러냈다.
친구는 남자친구가 생겼다 헤어졌다 반복을 했지만 소개해준다는 말은 처음이었기에 '정말 괜찮은 사람인가 보다.' 하며 준비를 하고 집을 나섰다.

"안녕하세요!" 어색한 인사를 주고받은 뒤 자리에 앉으려고 하는 찰나 맙소사! 친구의 남자친구의 친구까지 자리에 있는 것을 확인했다. 뭐지? 나를 본 친구는 서둘러 테이블에 나를 앉혔고 소개를 시작함과 동시에 남자친구의 친구라며 인사를 건넸다.

(귀띔이라도 해주든가…. 슬슬 짜증이 몰려왔다.) 그 사람이 못났건 잘났건 그래도 사람을 보는 자리인데….

"안녕하세요. 제가 이렇게 자리에 있으려고 한 건 아닌데 우연히 오게 됐어요. 죄송해요." "아하하, 아니에요. 괜찮아요." 친구가 원수가 되는 순간이었다. 조그마한 상에 4명이서 옹기종기 모여 앉아 술을 마셨다.

사람을 의식하지 않아서일까, 아니면 불편함이 없어서 그랬던 것일까. 내가 생각했던 것보다 즐겁고 편하게 그 자리에 있었던 거 같다.

친구에게는 나중에 따로 얘기 좀 하자고 해놓고 새벽이 돼서야 그 자리를 마무리했다.

다음 날 오전, 어제 만났던 친구와 카페에 갔다. "야, 너는 아무리 내가 편해도 사람을 보는 자리면 사람이 있다고 말을 했어야지." 화는 났지만 이상하게 친구 얼굴만 보면 웃긴다. "아니, 있다고 하면 네가 안 나올까 봐. 그래도 그 사람 괜찮지 않았어? 되게 괜찮아 보이던데?"

친구가 괜히 이것저것 물어보면서 나를 떠보는 것 같다. "왜 물어봐,

계속?" "아니 그 사람이 너 소개해달라고 하길래 너 괜찮으면 해주려고 했지!"

요즘 나는 마인드가 그렇다. 오는 사람 안 막고 가는 사람 안 잡는. 딱히 싫은 부분도 없어서 그 사람을 소개받아 보기로 했다.

그 사람과 처음 만난 자리가 불편하지 않아서였을까? 생각보다 연락하는 것이 편했다. 비슷한 입맛에 비슷한 음악 취향까지 꽤나 잘 맞았다. 겉모습은 내가 좋아하는 스타일과는 거리가 멀었다. 키가 훤칠하게 큰 것도 아니었고, 외모도 잘생긴 것보다 웃는 인상이 보기 좋은 사람이라고 할까? 나는 이 사람과 처음 만났을 때 동네 근처에서 편하게 술을 먹자고 할 줄 알았는데 그는 차를 타고 어디론가 나를 데려갔다. "어디 가요?" "다 와가요. 조금만 기다려 봐요." 그렇게 몇 분이 지났을까? 그는 아기자기하고 예쁜 초밥집 앞에 주차를 했다. 내가 초밥을 좋아한다고 얘기를 했었나? 웨이팅이 길어 미리 예약도 해놓았나 보다. 줄은 길었지만 우리는 바로 들어가서 밥을 먹었다.

"초밥 좋아하시나 봐요? 저도 좋아하는데." "아 저도 초밥 좋아하는데 어제 술 먹을 때 초밥 좋아하신다고 해서 제가 자주 오는 집으로 예약한 거예요."

나도 기억나지 않는 일을 이 사람은 다 기억을 하고 있었나 보다. 생각보다 정말 섬세한 사람인 거 같다. 그렇게 식사를 끝내고 근처 카페

에서 커피 한 잔까지. 1~2시간 있었던 거 같은데 벌써 시간은 다음 날
을 향하고 있었다.

"도착해서 연락할게요." 바쁜 사람이라고 들었던 거 같은데 무심한 듯
하나하나 신경 써주는 걸 보니 마음이 닭살 돋듯 살짝 떨리는 것만 같
았다.

그렇게 그 사람은 한 달을 나와 사귀자는 말 없이 밥을 먹고, 영화도
보고, 드라이브도 했다. 한 날은 내가 몸이 아파서 회사 출근을 하지
못한다고 말했더니 일을 하던 도중 집 앞까지 와서 약과 죽을 놔두고
갔다. 신기하다. 내가 좋아하는 스타일이 전혀 아닌데 죽을 먹고 약
을 먹고 침대에 누웠을 때 괜스레 그 사람의 웃는 모습이 떠오른다. 시
간이 흐를수록 '사람을 볼 때 그 사람의 직업과 스펙을 보는 것이 맞는
걸까?' 하다가도 나는 그냥 아직도 나에게 잘해주는 사람이 좋긴 하다.

"왜 나한테 사귀자고 안 해요? 손도 안 잡고?" 며칠이 지나도 아무 말
없는 그 사람에게 답답한 나머지 평소 확실하게 구분을 지어야 하는
성격인 내가 먼저 물었다. 좋아하는데 자존심이 어딨냐! 그러자 그 사
람이 말했다. "그 친구한테 들었어요. 상처가 많다고 그래서 조심스러
웠어요. 나는 장난이 아닌데 혹시나 장난으로 보일까 봐, 좋아한다고
섣부르게 얘기하면 나를 싫어할까 봐요."

그 사람의 대답을 듣고 나니 마음이 뭉클해졌다. 생각해보니까 누군가 나를 이렇게까지 기다려준 적이 없었던 거 같다. 몇 번 만나고 사귀자, 한 번 보고 네가 좋다, 다들 바쁘게 나를 만나려고 하기 일쑤였고 닫혀 있는 내 마음의 문이 열리기까지 기다리는 것을 다 지쳐했다. 근데 이 사람은 달랐다. 단 한 번도 나를 재촉한 적 없었고, 언제 어디서든 옆에서 나를 보며 웃고 있었던 거 같다.

그날 우리는 손도 잡고 집 앞에서 입도 맞췄다.
감정이 다 죽었다고만 생각했는데 왜 이렇게 설레는지 모르겠다.
"오늘 안 바쁘면 저녁 먹을까?" "알았어. 내가 마치고 데리러 갈게."
어느새 내 마음은 20대 초반에 연애하는 것처럼 누구보다 달달하게 사랑을 하고 있었다. 시간에 제한을 두지 않고 서로가 보고 싶으면 언제든 눈을 보고 저녁을 먹었고, 주말에 서로 시간이 나면 좋아하는 것들을 찾아 이것저것 즐기며 웃음을 나눴다. 그러고 보니 내가 하지 못했던 것들을 이 사람을 통해 많이 경험했던 거 같다. 예를 들자면 낚시, 캠핑, 패러글라이딩, 스키, 해외여행 등등 처음이 정말 많았던 거 같다. '나는 지금까지 어떤 연애를 한 걸까.'라는 생각이 들 정도로 우리는 좋은 추억을 차곡차곡 쌓고 있었다.

그렇게 2년이 지났을까? 사진도 정리가 안 될 만큼 많이 늘었다. 다투지 않는다면 거짓말이겠지만 옥신각신할 때마다 항상 이 사람은 저준다. 마치 나의 기분을 풀어주는 방법을 아는 것만 같다. 말 한마디를 해도 어른스러웠고, 화가 날 때 같이 화를 내기보다 대화로 날 더 안아주는 느낌이었다. 그래서 내가 더 미안해지는 것 같고, 더 애틋해질 수밖에 없었다. 무엇보다 중요한 것은 이 사람은 처음과 지금이 똑같다는 거다. 그래도 한 가지의 단점이 있다면 전화를 내가 더 많이 한다는 거? 옛날엔 자기가 더 많이 했으면서…. 그래도 나는 좋다. 그는 특별한 날이 아니어도 꽃을 선물해주고, 특별한 날이 다가오면 항상 나를 감동시켰다.

친구는 나를 보며 얘기한다. 이렇게 행복해하는 모습을 처음 본다고. 맞다. 나는 요즘 너무나도 행복하다.

이렇게 계속 행복하다가도 한 번씩 아무 이유 없이 두려움이 머릿속을 맴돌 때가 있다. 그럴 때마다 이 사람은 사랑으로 나를 더 안으려고 했던 거 같다. 화가 나도 소리를 높여 말하지 않고 대화를 하면서 안정을 찾으려고 했고, 시도 때도 없이 예쁘다고 해주고 보이지 않는 미래를 상상하며 나에게 순간순간을 사랑하고 있다고 표현했다. 나는 이 사람을 만나면서 단 한 번도 밤에 잠을 설쳐본 적이 없고, 일상 생활이 안 될 만큼 불안해본 적도 없고, 모르는 사람들 앞에서 눈물을 흘린 적도 없었다.

사랑이 있다면, 진짜 내 사람이 있다면 이런 것이 아닐까? 문득문득 나는 생각한다. 이런 사람과 헤어지는 날이 온다고 해도 나는 지금 이 순간을 최선을 다해 더 사랑해야겠다고. 이 사람은 나를 다시 사랑할 수 있게 만들어준 유일한 사람이니까.

"나 많이 늦었지? 일기 쓴다고…." "30분 늦었으면 뭐라고 했을 텐데 10분 늦어서 용서할게! 근데 일기도 써? 그 일기에 나도 있는 거야?" "몰라, 밥 먹으러 가자."

사랑은 언젠가 또 찾아오게 되어 있다. 그런 반복되는 사랑 속에서 모든 사람은 같지 않다. 거짓으로 사람에게 다가간 사람은 쉽게 지쳐버릴 것이고, 진심으로 다가가는 사람은 언제가 됐든 사람 마음을 움직일 것이다.

누군가는 "사랑은 다 변해."라고 말을 하지만 누군가의 사랑은 영원하기도 하다. 자신을 스스로 사랑하지 않으면 어느 누구도 당신을 사랑하지 않을 것이다. 당신을 충분히 사랑하고 누군가에게 넘치듯 사랑받으라. 끝이 두려워 시작을 망설이지 말자. 당신은 흘러가는 지금 이 순간도 사랑하고 사랑받으며 살아야 한다.

불투명한 미래를 걱정할 수 있지만

더욱 중요한 것은

지금 이 순간을 확실하게 살아가는 것.

봄의 사랑

군데군데 설렘을 느낄 수 있는 좋은 계절이다.
오래 걸어도 좋고, 바람을 따라 잠시 걷는 것도 좋은.
걷기를 좋아하는 내가 누군가에게 꽃을 보러 가고 싶다는 말을
건넨다면 사랑하고 있다는 것을 돌려 말한 것일지도 모르겠다.
모든 것이 적당해서, 그 어떤 것도 따뜻해서 사랑을 시작하기 좋다.

나는 아직
여행 중

어렸을 때부터 공부를 좋아하지 않았던 나는 19살부터 10년 동안 쉬지도 않고 일을 했다. 어렸을 땐 빈틈없이 돈이 될 만한 알바를 찾았고, 군대를 다녀와서도 곧장 현장직으로 공장에 취업을 했다. 2년 다니고 퇴사, 다른 직장을 가도 2년 다니고 퇴사, 그러다 사업을 시작하기까지. 사람들은 나에게 그렇게 말한다. 끈기가 없다고, 어떤 일을 해도 못할 거라고, 사업은 쉬운 줄 아냐고. 주변 사람들이 나를 보는 시선은 한심함이 다였다. 개의치는 않는다. 사실 나는 꿈이 있어서 일을 하는 것이 아니기 때문이다. 좋은 대기업의 현장직에 들어가도 나의 적성과 맞지 않을 때도 있었고, 조그마한 회사에 들어가더라도 나와 맞는 일을 하는 것이 더 행복할 때가 있었다. 물론 회사가 어려워져 오래 다니지는 못했지만. 사람들이 보기에는 그저 끈기가 없어 옮겨 다니는 사람으로밖에 보이지 않았나 보다.

하지만 이렇게 일을 옮겨 다녔다고 내가 이룬 것이 없다고 생각하지는 않는다. 부모님이 나에게 해주신 말 중에 그런 말이 있다. "배워도 배워도 끝이 없다." 맞다. 나는 아직도 배우는 중이라고 생각한다. 크지만 배를 채울 수 없는 허기진 배움이 있었고, 소소하지만 하루가 알찬 배움도 있었다. 일을 해도 하나하나 허투루 하지 않았기 때문이다. 직장을 옮겨 다닌 이유도 그것 때문이다.

누군가에게 모욕적인 말을 들으면서까지 해야 할 만큼 내가 하는 일의 중요함을 찾지 못했고, 힘이 들어도 끝까지 해보고 싶을 만큼 꿈을 찾지 못했다. 그리고 무엇보다 중요한 것은 어떤 일을 할 때 진득하게 오래 버티고 싶은 마음이 없었다는 것이다. 내가 선택하지 못하는 길만 걸어간다면 그것만큼 슬픈 것이 어디 있을까. 후회를 해도 내 몫이다. 솔직히 말해 아직도 나는 딱히 무언가를 하고 싶은 게 없다. 누군가가 옆에서 수군거려도 나는 나 자신만 믿고 하고 싶은 일들을 찾아 여행을 할 것이다. 없어도 되고, 잘나지 않아도 된다. 허름해도, 옆에서 비아냥거려도 나는 나만의 여행을 할 것이다.

나를 사랑하는 방법.   성공

· 잘못한 것은 받아들이기.

· 시간이 날 때마다 여행 다니기.

· 나에게 얼마를 쓰던 아까워하지 않기.

· 타인을 존중하되 나를 잃지 않을 것.

· 주변을 좋아하는 것들로 채우기.

· 나를 절대 의심하지 않기.

말을 예쁘게
한다는 건

가끔 친구 녀석과 저녁을 먹거나 카페에 앉아 담소를 나눈다.
그런 자리를 가질 때마다 친구 녀석의 여자친구도 불러 함께 자리를
하고는 하는데, 서로에 대한 불만을 나에게 얘기하면서 자리를 불편
하게 만들 때도 있다.
친구: "내가 미안하다고 했잖아?"
친구의 여자친구: "이 상황까지 와서 미안하다고 하는 거뿐이잖아."
한 명이라도 말을 조금만 예쁘게 했어도 나쁘게 흘러가지는 않았을
것이다. 듣다 보면 누가 잘났고 못났다가 없다. 다만 말을 할 때 각자
의 입장만 가지고 대화를 하는 것이 문제였다.

사랑이라는 것은 각자의 고유 영역 내에 상대방이 소리 내어 침범하
는 것을 허락하는 것과 마찬가지이다. 이유는 이제는 혼자가 아니기
때문이다. 나만 생각하고 나의 입장만 고려할 거면 사랑을 왜 하는가?

사랑을 하는 순간 각자가 아닌 우리가 되어야 된다고 생각한다.

이러한 일이 있을 때마다 나는 친구 녀석에게 조금만 입장을 바꿔 생각해서 말을 해보라고 말한다.

예를 들어 여자친구가 색깔이 비슷한 립스틱을 골라 "어느 것이 예뻐?"라고 물었을 때, 나의 생각엔 그냥 비슷한 거 같아도 말을 할 때에는 "지금 바른 립스틱이 더 예뻐." 아니면 "이전에 바른 립스틱이 더 예뻐."라고 말하는 것이다.

단순하게 말하면 내가 생각한 대로 말을 내뱉기보다 여자친구의 입장에서 생각을 해보고 말을 해야 한다는 것이다.

또 다른 예를 들어본다면 여자친구가 화가 났다고 말을 하지는 않지만 내가 연락을 잘 못해서 기분이 나빠 보일 때 "미안하다, 내가 잘못했어."라고 끝을 내는 것이 아니라 자세하게 어떠한 이유로 답이 늦었던 것인지 차근차근 설명을 한 후에 미안하다며 사과를 하는 것이 바람직하다고 생각한다.

모든 사람은 듣는 것도 다르고 말하는 것도 다르다. 말을 예쁘게 한다는 것은 어쩌면 당신을 사랑하고 있다는 것을 자연스럽게 보이는 방법일지도 모른다.

여행은 행복이었다

누군가 "언제가 제일 행복했어?"라고 물어보면 나는 "여행할 때."라고 말할 것이다. 사실 하루하루가 바빠 여행이라는 것을 꿈도 꾸지 못했다.

"해외여행? 국내 여행도 못 가는데 무슨."

사업으로 인해 지칠 대로 지쳐 있을 때, 엄마가 해외여행을 가자고 하셨다. "바쁜데 어떻게 가, 동생이랑 갔다 와." "이때 아니면 또 언제 기회가 될지 모르잖아. 꼭 가자."

안 간다고 수십 번을 얘기했지만 엄마의 고집을 꺾을 수는 없었다.

어쩔 수 없이 다낭 여행을 따라나섰다.

매우 더울 거라는 예상과 달리 적당히 좋은 날씨였다. 늦게 도착한 바람에 관광지에는 가지 않고 바로 호텔에 가서 하루를 묵었다. 다음 날 말도 안 되게 예쁜 날씨를 보았다. 심지어 한국에서는 볼 수 없었던 푸른빛 바다까지. 보는 것만으로도 기분이 좋았다. 그렇게 이곳저곳 알차게 돌아다니며 하루를 꽉꽉 채웠다. 두 번째 묵었던 리조트는 방은 10평 남짓했지만 아기자기한 가구들과 커튼만 치면 조명 빛에 보이는 바다까지 너무 예뻤다. 돌아가기 전날 나는 호이안 거리를 베트남의 대표 커피인 연유 커피를 마시며 예쁘게 물든 조명 아래로 쉴 새 없이 걸었다.

'사랑하는 사람과 함께 오면 좋겠다.', '다음에 혼자라도 와볼까?' 등등 여행에 대해 고민을 하게 되었다. 고민이라고 하지만 뭐가 그렇게 좋았는지는 모르겠다.

마지막 날까지 눈과 입이 행복했다. 그렇게 여행을 끝마치고 집으로 돌아가는 비행기를 탔다. 나는 순간 '짧았던 여행이 왜 그렇게 좋았을까?'라는 생각을 했다.

그것은 바로 걱정을 하지 않았기 때문이었다. 맨날 잡고 있던 휴대폰도 오랫동안 내려놓을 수 있었고, 걱정거리 하나 없이 이곳저곳 구경을 하였고, 누군가 나를 보는 시선을 의식하지 않아서 좋았고, 여유 있게 낮잠을 즐기고 얼음이 녹을 만큼 천천히 커피를 마시기까지. 온전히 나만의 시간을 가질 수 있었던 것이다.

남들이 해외여행 갔다 와라 갔다 와라 해도 나는 비싼 돈을 주면서까지 여행을 가는 이유를 알 수 없었다. 하지만 그 3박 5일의 여행이 너무나도 뜻깊었다. 휴식이라는 것이, 여유라는 것이 이런 거구나.

모든 관계에서

우리는 살아가면서 인간관계를 한 번쯤은 돌아보게 된다.
'지금 형성된 인간관계가 옳은 것일까.', '나는 좋은 인간관계를 가지고
있을까.', '내가 불안정한 인간관계를 가지고 있는 것일까.' 등등
관계를 두고 많은 고민과 걱정을 하는 사람들이 있다.

어떤 것이 답이라고 말을 할 수는 없지만 인간관계에서 나는
의미나 기대를 적당히 하는 것이 좋다고 생각을 한다.
기대가 크면 클수록 서운하거나 실망을 하게 되고
반대로 작으면 작을수록 외롭고 아프기 때문이다.
관계라는 것이 그렇다.
99번을 잘해주다 1번 못하게 되면 되게 서운함이 크게 느껴지고
반대로 99번을 못하다가 1번 잘하게 되면 크게 행복을 느낀다.
그래서 모든 관계는 적당한 것이 제일 좋은 것 같다.

믿고
기다려주는 것

'지금까지 쉬지도 않고 달려왔는데 조금은 쉬어도 되겠지.'
아무것도 안 하고 일주일을 집에서 쉬면서 나는 행복하다기보다 눈치가 보였다. '부모님이 뭐라고 하시면 어떻게 하지? 쉬고 있는 게 못마땅한 것은 아닐까?'
달려도 달려도 나오지 않는 목적지는 더 뛰어야 할 이유조차 잃어버리게 했고, 주변 지인들의 지금 이 중요한 순간에 쉬어간다는 게 말이 되냐는 질문에 나는 바닥까지 고개를 숙인 채 한숨을 쉬었다.
미친 듯이 달려와서 남들보다 안정적이라고 한들, 아니면 남들보다 잘될 거라고 미친 듯이 달려왔다고 한들 나에게 내가 없다는 느낌을 너무 많이 받았다.
진짜 웃긴 게 뭐냐면 이렇게 쉬고 있는데도 어떻게 쉬어야 되는지 모르겠다는 것이다. 잠도 많이 자고 싶었고, 아무것도 안 하고 빈둥빈둥하면서 며칠을 지내보고 싶었어도, 몇 시간이 지나면 불안해졌다.

정확하게 말을 하자면 쉬어서 우울이 찾아온 것이 아니라 쉬면서 우울이 찾아온 것만 같았다.

그렇게 2주가 지나고 3주가 지나도 생각과는 달리 부모님은 나에게 아무 말씀도 안 하셨다. "밥은 먹었니?", "나가서 친구들과 쓸 돈은 있니?" 등등 엄마는 걱정만 해주셨다. "아들, 오늘 어디 안 나가면 엄마랑 마트 갈래?" 나는 그 말에 쭈뼛쭈뼛 엄마를 따라나섰고 차를 타고 가다 정적이 흘러 반신반의 하면서 엄마에게 물었다.

"엄마, 나 이렇게 쉬고 있는 거 못마땅하지?" 이 말을 듣고 엄마는 크게 웃으셨다. "그것 때문에 엄마 아빠가 집에만 들어오면 밖에 나가고 그랬던 거야?" 엄마는 운전하고 있는 나를 보더니 말씀하셨다.

"다른 사람은 몰라도 엄마는 알아. 안 그래도 생각이 많은 아들인데 지금 너무 힘들지 않을까, 지치지 않을까. 내가 나서서 한다고 한들 아들이 하고 싶은 의지가 없다면 소용없으니까."

이상하게 웃음이 났다. 엄마와 같이 있는 순간에 편안함을 느꼈다.

"아들, 엄마 행복하게 해줄 거라며? 기다리면 되는 거 아니야?"

"고마워, 엄마. 조금만 기다려줘."

침울했던 하루하루가 싹 가시는 기분이다. 우울이라는 것은 어쩌면 내가 나를 믿지 못했을 때 더 커지는 것일지도 모르겠다.

내가 얼마나 가치 있는 사람인지

모두가 돌아서도 잊지 않았으면 좋겠다.

후회하며
살지 않을 것

20대에 나는 나름 남들보다 앞서서 잘해왔다고 생각하지만, 서른이 코앞인 지금 남들보다 후회하는 일이 많아졌다. 그중 가장 큰 후회는 '왜 나는 나이에 맞게 살지 않았을까?'라는 것이다. 나는 성인이 되고 나서부터 곧장 일만 하고 살았던 거 같다. 그 어린 나이에 돈돈돈 거리면서 친구들과 노는 것보다 돈을 버는 것을 더 중요시했고, 대학교 들어가서 공부도 하고 싶었지만 "공부하면 밥 먹여줘?"라며 돈이 아까운 거 같아 가지 않았다. 어렸을 때부터 왜 돈이 벌고 싶었던 걸까? 대학교 가는 친구들을 부러워하면서도 대학교에 다니는 사람들을 왜 그렇게 무시했던 걸까?

그 어린 나이에 무엇을 이루고 싶어서 주변 사람들보다 빨리 달려갔던 것일까? 누구를 그렇게 행복하게 해주고 싶어서 뒤처지는 것을 두려워했을까?

내 선택은 누구보다 옳았다고 생각했고, 나는 잘하고 있다고 생각했는데 '왜 이렇게 나의 젊음을 쉽게 보냈을까.'라는 생각이 자주 든다.
그럴 일은 있을 수 없겠지만 다시 20대로 돌아간다면 남들이 뭐라고 하든 내가 하고 싶었던 것들을 하며 지내고 싶다.
한 살씩 먹어가면서 친구들과 돈돈돈 하며 얘기를 하는 것보다 사소한 추억거리를 안주 삼아 시간을 보내고 싶다.

어제, 오늘, 내일

지나간 일을 후회하고, 일어나지 않은 일을 두려워하며
시간을 보내는 것 같다.

'예전과 같은 순간이 과연 올까?
그때는 그렇게 했어야 했는데.'
'저번에 그 기회를 잡았어야 했는데.'
이렇게 지나간 일로 후회를 하고,

내일은 무엇부터 시작을 해야 할지
한 달 뒤는 어떻게 풀어나가야 할지
일 년 뒤에는 어떻게 자리 잡고 있을지
보이지 않는 것들로 걱정하기까지.

살아가면서 우리는 너무 많은 걸 잊고 사는 거 같다.
정말 중요한 것은 과거도 아니고 미래도 아니다.
오늘, 바로 지금 이 순간이 중요하다.

후회든 두려움이든 조금은 내려놓았으면 좋겠다.
하루에 더 의미를 두고 순간순간을 행복하게 보냈으면 좋겠다.

과거도 그렇고 미래도 그렇다.
지금 순간을 어떻게 느끼는지에 따라 달라진다.

헤어진 사람과 다시
　　만나는 것이 힘든 이유는

헤어졌다 만났다 하는 사람들이 참 많다. 하지만 주변 지인들을 보면 10명 중 9명은 다시 헤어진다.

막상 헤어지고 나니 시원해하기도 하고, 반대로 속앓이하는 사람들도 있다. 밤늦게 술을 먹자며 불러내서 몇 시간을 울고 웃고 하는 말 속에서 그 사람은 사랑했던 사람을 아직도 그리워하고 있는 것만 같았다. 그럼에도 불구하고 만났던 사람과 다시 만나지 못하는 이유는 많지 않은 것 같다.

시간이 많이 지나서라기보다도, 아픔을 겪어서라기보다도, 아무 일 없었다는 듯이 처음처럼 사랑하기가 힘들어서일 것이다.

당신은
잘못이 없다

사랑했던 사람에게 상처를 받거나 헤어짐을 일방적으로 통보받은 사
람들 중 깔끔하게 잊는 사람이 있는 반면 헤어진 이유를 모두 자기 탓
이라고 여기는 사람도 있다.

주변에서 너는 잘했다고 말을 해주어도, 심지어 스스로도 사랑했던
사람과의 관계가 불안정하다는 것을 알면서도 미련하게 자신을 탓하
고 있는 것이다. 이러한 경우는 자존감이 많이 떨어진 경우가 많다.

'겉모습이 많이 달라져서 헤어진 것일까? 내가 너무 집착을 해서 그런
것일까?'

많은 경우의 수를 생각하고는 하는데 알고 보면 자신의 잘못은 사랑
하는 사람에게 모두를 보여준 것뿐이다. 손에 힘이 다 떨어져 팔이 떨
릴 만큼 미련하게 자신을 잡고 있지 않으면 좋겠다.

사랑에 잘못이 어디 있을까. 당신에겐 잘못이 없다. 당신을 사랑해라.

혼자만의 이별

사랑하는 사람과 이별했다. 학교 과제물처럼 혼자 정리하고 결론 짓는 이별에 기분이 나빴지만 더는 묻지 않았다. 버스 정류장에 홀로 서 있는 내가 비참했다. 아무렇지 않게 떠나가는 그 사람을 쳐다보지 않았다. 많이 아팠다. 밥을 먹다 체해 병원에 가기도 했고, 친구들과 카페에 앉아 대화할 때도 아무 말이 들리지 않았다. 문득문득 그 사람과의 일들이 나를 괴롭혀 눈물을 보이고 말았고, 진정이 되지 않아 전화하려고 번호를 누르려다 참고 또 참았다. 목소리가 듣고 싶어도, 얼굴이 보고 싶어도 아무렇지 않은 척, 괜찮은 척했다.

시간이 흘러 조금은 진정이 된 것 같아 추억을 하나씩 쓰레기통에 꾸역꾸역 집어넣었다. 다른 생각이 들어오지 못하도록 좋아하는 것들로 하루를 꽉꽉 채웠다. 그렇게 몇 개월이 지났을까. 내가 좋다는 사람과 시간을 보내기도 하고, 마음이 괜찮아질 때까지 기다려준다는

사람과 시간을 보내기도 했다. 그렇게 나는 조금 더 성숙해졌고 나를
배워 나갔다. 사랑엔 참 오묘한 것이 많다. 사랑하고 있을 때 잃어버
렸던 것들과 사랑을 하지 않을 때 다시 찾아오는 것들을 배운다.
끝과 시작이 서로 다르겠지만 이제는 돌아오지 않을 네가 행복했으면
하고, 돌아가지 않을 내가 행복해졌으면 한다.

본능적인 것뿐

사람이 사랑에 빠지게 되면 조금씩은 달라진다고 한다.
이별을 해도 마찬가지다. 가지고 있던 모습이 다른 쪽으로 변질이 되거나 안정적인 나를 되찾고는 한다. 성향이 다를 뿐 어느 한쪽이 나쁘다고 말할 수는 없다.

사랑하는 계절에는 나를 조금 내려놓기도 하고, 상대방을 나보다 더 안아주기도 한다. 반대로 이별 중인 계절에는 마음 한구석에 크나큰 반항심이라는 것이 생긴다. 이별하는 시간을 오래 두면 둘수록 더욱 크게 자리를 잡는다.

누군가와 또 다른 사랑을 시작하려고 나팔을 불어도 사랑받지 못한다는 마음이나 괜한 의구심이 들면 날이 서 있는 칼처럼 진행 중인 마음을 싹둑 자르게 된다.

갑작스러운 마음의 변화로 타인에게 상처를 줄 수 있으나 그것은 상처 입은 주인공이 자신을 더 아끼고자 하는 본능적인 방어일 뿐이다. 누군가가 이기적이라고 말해도 좋다. 마음에 스크래치가 가면 더욱 크게 반항심을 가져라. 나를 낮추어 사랑을 얻기보다는 있는 그대로 상처를 안아주는 사람과 사랑을 할 때 더욱 올바른 사랑을 할 수 있기 때문이다.

자존감이 낮은
사람에게

자존감이 낮은 사람들은 삶의 기준이 남들에게 맞춰져 있는 경우가
많다. "저 사람 멋있네.", "저 사람은 예쁘네." 등등 하나같이 자신의 삶
에 본인이 없다.
현실적으로 얘기를 한다면 자존감이 낮은 사람들에게는 시각적인 요
소가 가장 크게 자리 잡힌 경우가 많다. 스스로가 변화를 꿈꾸기보다
는 '노력해봤자 내가 저런 사람이 될 수 있을까?'라고 판단해버린다.

시각적인 요소가 삶의 중요한 부분을 차지하는 직업도 있지만 일반인
에게는 세상 살아가는 데 있어 전부가 아니다. 잘난 사람들 구경할 시
간에 나를 한 번 더 돌아보는 것이 좋다.

삶의 기준은 오롯이 나로 시작되고 나로 끝을 내는 것이 좋다.
사람이 좋다는 말, 겉으로 판단하는 것이 아님을 명심하는 것이 좋다.

무엇보다 나를 사랑하지 않으면 바뀌는 것은 아무것도 없다는 것을
깨달아야 한다.

아닌 것은
아닌 것이다

타인의 부탁을 거절하지 못하는 사람이 꽤 많다.
거절을 하면 사이가 멀어질까 봐 걱정을 하는 사람도 있고,
안 좋은 쪽으로 나를 생각할까 봐 불안해하는 사람들도 있다.
하지만 아닌 것은 아닌 것이다.
상대방이 상처를 받을까 봐 거절하지 못한다는 것은 이미 그 사람과
나 사이에 갑과 을이 정해져 있는 것과 같다.
인간관계에서 제일 중요한 것은 나의 이야기를 할 수 있고, 아닌 것에
대해 확실하게 말을 할 수 있어야 하는 것이다.
하기 싫은 일을 거절했다고 누군가가 당신에게 나쁜 사람이라고 말을
한다면 "그래, 나는 나쁜 사람이다."라고 받아치는 것이 좋다.
나쁜 사람이 되더라도 싫은 것은 정확히 말을 하며 사는 것이 속 편하다.

· 현실적인 조언들

· 돈을 쫓다 보면 돈이 보인다.

· 목표 없이 이루는 것은 아무것도 없다.

· 잘난 척하지 마라. 잘난 사람들 널렸다.

· 헤어 졌다고 울지 마라. 아파하며 지내는 것은 당연하다.

· 나를 이유 없이 싫어하는 사람에게 잘해 주는 것은,
  밑빠진 독에 물 붓기다. 서로 싫어하며 지내라.

· 일어 나지 않은 일크 설레발 치지 마라. 될 것도 안된다.

· 베푸는 것은 몰래 해라. 남이 알아줬을 때 두배가 된다.

· 착하게 살지 마라, 등신 되는 거 한순간이다.

감정을 배우다

사랑한 만큼 아픈 것
또한 당연한 것이다

오랜 기간 사랑에 빠져 지냈던 사람과 헤어지자 당신은 마치 아무 일 없었다는 듯이 아프지 않았으면 좋겠다는 말을 했다.

그 말을 들은 누군가는 그랬다.
"사람이 정말 웃긴 게 뭐냐면 밤마다 사사로운 감정 하나 마음대로 컨트롤하지 못하는데 이별에 대한 아픔은 쉽게 잊으려고 한다."고.

좀처럼 사람이 잊히지 않으면 더욱더 거세게 이별에 대한 아픔을 이겨내고자 발버둥 친다. 조급해서일까, 엉킨 실타래마저도 급하게 풀려고 하면 더 엉키기 마련이다.

아픔을 쉬이 잊으려고 하지 마라. 사랑한 만큼 아픈 것 또한 당연한 것이다.

참 예쁘다

부끄러워 오랫동안 서로 바라보지 못하는 우리가 좋았고,
한마디, 한마디 말하는 것조차 조심스러운 우리가 좋았고,
밥을 먹을 때 먼저 먹어보라며 챙기는 우리가 좋았고,
영화가 끝날 때까지 손을 잡고 있는 우리가 좋았고,
빨개진 얼굴로 어색하게 커플 사진을 찍는 우리가 좋았고,
예쁜 카페에 가서 시간 가는지 모르고 대화하는 우리가 좋았고,
바래다주는 길에 헤어짐을 아쉬워하는 우리가 좋았고,
잠이 들기까지 하루를 얘기하는 우리는 참 예뻤고.

좋은 사람의
기준

흔히 고민을 얘기할 때 "좋은 사람은 어떤 사람인가요?"라는 질문을
받는다. 좋은 사람의 기준은 뭘까?
말을 예쁘게 하는 사람? 다정다감한 사람? 표현을 잘하는 사람? 부모
님에게 잘하는 사람? 하나하나 다 꺼내어서 보면 뭐가 답인지도 모르
겠다.

우리는 이상형이라는 것을 가지고 산다. 하지만 만난 사람들을 돌이
켜보면 딱히 이상형과 가깝지 않은 사람들인 거 같다.
과연 그 사람들이 좋은 사람이어서 내가 사랑을 할 수 있었던 걸까?
곰곰이 생각을 해보면 내가 맞춰갈 수 있었기에 좋은 사람이다, 내 사
람이다 여기며 사랑을 했던 거 같다.
좋은 사람의 기준은 누가 딱 정해 놓은 것이 아니라 내가 맞춰갈 수
있는 사람이냐 아니냐로 좋은 사람이다, 아니다를 구분하는 거 같다.

욕심

좋아하는 사람과 2인 3각 달리기를 하게 되었어요. 그 사람과 함께 달린다는 것에 기분이 좋았어요. 달리기 전에 우리는 하나, 둘 구호를 외치며 서로를 맞춰 봤죠.

잘 맞다고 생각했어요. 다리가 엉키거나 넘어지지 않았으니까요. 그렇게 몇 시간이 흘러 달리기가 시작됐고, 빠른 전개를 좋아하는 나에 비해 그 사람은 느린 전개를 좋아했어요. 성격이 급한 나머지 나는 점점 답답해져만 갔고, 느린 그 사람이 미워졌습니다. 결국 손을 뿌리치고 혼자 빠르게 달리게 되었죠. 그 사람과의 거리는 점차 벌어졌고, 보이지 않는 곳까지 달려와 버렸네요. 좋아하는 사람과 함께 뛰는 거였는데 달리는 속도가 다르다는 이유로 내려놓고 말았네요.

사랑도 마찬가지겠죠. 기다림 없이 사람 마음을 얻을 수 없고, 배려와 이해 없이 사람의 마음을 가지려는 것은 욕심일 뿐이라는 것.

사랑은 그렇게
찾아온다

시간과 상관없이 누군가가 신경 쓰인다는 것.
분명 아직 사랑할 시점이 아니라고 생각해도
마음은 그렇게 되지 않는 것.
아무 이유 없이 문득문득 떠오른다.

하루가 당신으로 물들어가고,
나보다 그 사람이 더 신경 쓰인다.
지금이 아니면 당신은 없을 것만 같고,
상처인지 행복인지 모른 채 사랑이라 믿고 싶어진다.

사람은 미워해도
사랑은

6개월쯤 지났을까? 그 사람의 소식을 알고 싶지도 않은데 자주 들려요. 사람들은 "그 사람 다른 사람 만난다는데?", "만나는 사람 너보다 별로인 거 같던데."라며 흉을 보거나 "그 사람이 나쁜 사람이었다.", "그만 만나기 잘했다."고 말하면서 나를 위로해줬어요. 사실 별로 와닿지는 않았어요. 나는 그저 아무 말도 듣고 싶지 않았기 때문이에요.

그 사람을 만나 면전에 욕이라도 하면 속이 시원할까요?

마음 같아서는 내가 아닌 다른 사람과 더 잘 지내는 것 같아 보여서 하는 일마다 다 안 풀리길 바라며 저주도 하고, 욕도 하고 싶어요.

같이 있을 때 찍었던 사진을 아무렇지 않게 혼자 찍은 척하는 것도 짜증나고 내가 선물해준 것들을 계속 하고 다니는 것도 열이 받아요.

하지만 그렇게 미운 사람을 사랑했던 나를 그리고 시간을 아까워하지는 않으려고요. 사람은 미워해도 그때 아낌없이 사랑했던 나는 미워하지 않으려고요.

사람이 물었다.

- 내가 하고 있는 사랑이 과연 좋은 사랑일까?

사랑이 답했다.

- 좋은 사랑을 하는 사람은 이런 질문을 하지 않아.

사랑은 생각보다
　　　마음으로

낯선 사람과 얼마나 많은 대화를 했고, 얼마나 많은 시간을 보냈는지는 사실상 중요하지 않다. 눈에서 마음으로 가기까지의 시간은 모두가 다르기 때문이다.

어쩌면 사랑은 첫 만남의 느낌으로 결정이 되는지도 모른다. 처음 만나 30분을 대화해도 불편한 사람이 있는 반면 오랜 시간 대화를 해도 시간 가는 줄 모르고 상대에게 푹 빠지는 경우도 있기 때문이다.

처음 만났을 때부터 호감을 느낀다면 나의 마음에서 행복할 거라는 신호가 오기도 한다. 사랑은 역시 머리로 하는 것보다 마음이 움직일 때 하는 것이 더 아름다운 거 같다.

대화의 중요함

남들이 봐도 예쁘다는 우리 관계에 보이지 않는 문제점이 하나 있었지. 다투게 될 때마다 나는 대화를 하려고 하고, 너는 대화를 그만하자고 하는 것.

우리가 다툴 때마다 대화를 하자고 하는 이유는 누가 잘했냐 못했냐를 따지려고 하는 것이 아니야.

나는 서로 오해가 있어서 그런 것이라며 대화를 해서 풀려고 했던 거였고, 너는 일방적으로 내가 너의 기분을 이해하지 못하고 화만 낸다고 생각했던 거야.

결국 대화를 하지 않은 채 돌아서면 보이지 않는 곳에서 속앓이를 하다 생각하겠지.

나는 점점 너를 지치게 만드는 사람이 되어가고 있고, 너는 점점 나에게 서운함을 만드는 사람이 되어버리는 것.

대화가 이렇게 중요해.
서로가 사랑하고 있어도 멀어지거나 손을 놓을 수 있으니까.

다정하다의 의미

나는 오늘도 불평과 불만으로 가득한 하루를 보냈다.

일상 속에서 부딪히는 많은 사람이 나를 못살게 굴거나 질리게 하거나. 하루하루가 지쳤다. 평소 속앓이를 많이 하는 내가 친구들에게 있었던 일을 얘기하면 "그래도 직장인데 네가 참아야지, 그래도 손님인데 잘 지내야지."

다 알면서도 내 편을 들어주길 바랐는지도 모른다.

속상한 마음에 집에 들어오자마자 남편에게 있었던 일을 구구절절 털어놓았다. 아무 말 없이 내 말을 끝까지 듣고 있던 남편은 엉덩이를 토닥이며 "진짜? 그 사람이 나빴네. 아니, 잘 알지도 못하면서 왜 그렇게 말을 해. 참…. 여보 오늘도 정말 수고 많았어요."

나는 집에 들어오기 전까지만 해도 세상 사람을 바라보는 시선이 모두 부정적인 사람이었다.

분명 나의 잘못도 있을 수 있고, 타인의 잘못도 있을 수 있지만 남편의
그 다정한 말 한마디에 있었던 일들이 눈 녹듯 사라졌다.

나는 이런 남편에게 많은 것을 배운다. 다정한 말 한마디가 사람을 긍
정적으로 바꾸기도 하고 사람의 마음을 움직이기도 한다.

삶의 원동력

어렸을 때부터 나는 공부보다는 노는 것을 좋아했다.

스트레스를 받을 때, 기분이 좋지 않을 때면 웃을 일이 필요했고 그럴 때마다 곧 친구들을 만나서 술을 마시거나 수다를 떨었다. 그 순간만큼은 아무런 생각이 나지 않았기 때문이다.

SNS 작가로 활동하면서 글에 대한 스트레스도 많아졌다.

내가 주로 쓰던 표현들이 독자들이 좋아하는 표현으로 바뀌기도 하고, 무엇보다 독자들에게 잊혀질까 봐 너무 무서웠다.

그럴 때마다 아무것도 생각이 나지 않을 만큼 친구들이랑 놀거나 차를 타고 바닷바람을 마시러 가거나 스스로 손 세차를 했다.

막상 기분을 풀고 집에 들어가는 길에도 막연하게 스트레스를 받고는 했지만 그래도 아무 생각 없이 웃고 즐겼으니까.

삶의 원동력 또한 마찬가지가 아닐까 싶다.
살아가는 데 있어 지치고 힘든 일들을 이겨내는 것도 중요하지만
어떤 일을 해야 즐겁고 행복한지도 알아야 한다.
힘듦도 행복도 스스로 찾아가며 관리할 수 있어야 한다.

겁쟁이로
살지 말자

한 살 한 살 먹어도 꿈을 찾지 못하는 사람, 행복한 일을 찾지 못하는
사람이 많은 것 같다. 한 친구 녀석이 그런다. "세상에 자기가 하고 싶
어 하는 일 하며 사는 사람이 몇 명이나 되겠어?" 맞는 말이다. 우리는
행복보다 살아가는 것에 더 중점을 두고 지내니까.

어느 때와 다름없이 한 친구와 카페에서 수다를 떨다 그 친구의 친구
를 만나게 되었다. 뭐 하는 친구냐고 물어봤더니 돈을 버는 즉시 해외
여행을 하는 친구랬다.
"뭐야, 서른이 코앞인데 직장을 다니다 그만두고 여행 가고 또 들어와
서 번 돈으로 여행 가고? 저 정도면 욜로보다는 막장 아니냐?" 웃음이
정말 많은 친구였지만 나는 안쓰러워 보였다. 여행 얘기를 3,40분 들
었나. 나는 여행을 다니는 친구에게 물었다.
"결혼은 안 할 거야? 나중에 어떻게 하려고 그래?" 그 친구는 멋쩍은

웃음과 함께 말했다. "안 그래도 부모님이 매번 그런 말씀하셔서 스트레스를 받긴 하는데 여행이 즐거운 걸 어떡해? 여행은 다리가 후들거릴 때 가는 게 아니라 마음이 떨릴 때 가는 거래. 그리고 나중에는 여행 가이드를 해보고 싶어. 멋지지 않냐? 진짜로!"

이 녀석이 하는 말에서 걱정이라는 것을 찾아볼 수 없었다. 삶을 어떻게 살아가야 행복하냐고 물었을 때, 1초의 망설임도 없이 "내가 하고 싶은 거 하면서 사는 거지."라고 대답했기 때문이다.

사실 우리도 모르는 것은 아니다. 살아가는 데 있어 하고 싶은 일을 하며 사는 것이 행복한 것쯤은. 하지만 뭐가 그렇게 두려워서 용기를 내지 못하는지 모르겠다. 지금은 나도 마찬가지로 안정적인 직장을 내려놓고 하고 싶은 일을 찾아서 하고 있다. 그리고 가슴 뛰는 일을 찾다 보니 이렇게 글을 쓰고 있다.

꿈을 꾸고 있거나 무엇을 하려고 하는데 용기가 없어서 못하는 사람들이 있다면 해주고 싶은 말이 있다.

"인생 졸라 짧은데 하고 싶은 거 하면서 살아요. 겁쟁이로 살지 말고."

서운함을 얘기하는
것은 어쩌면

좋아하는 사람, 사랑하는 사람에게 마냥 행복만 느낄 수는 없다.
살아온 환경도 다를 것이고 사랑을 주는 방식, 사랑을 받는 방식이 모
두 다르기 때문이다.

몇 년 전에 만났던 여자친구와 여행을 간 적이 있었다. 친구들과 함께
했던 커플 여행이었기 때문에 여자친구에게는 그 자리가 어색할 수밖
에 없다고 생각했지만, 여자친구는 내 친구들과 잘 어울리는 거 같았
다. 그렇게 1박 2일을 즐겁게 보내고 집으로 돌아오는 길에 여자친구
가 나에게 말했다.
"나는 오빠 친구들을 모르는데 그렇게 나 혼자 남겨두고 놀면 어떻게
해." "미안해, 친구들과 잘 어울리고 대화도 잘하고 있길래 그 자리가
재밌는 줄 알았어."

나는 몰랐다. 어색함 없이 웃고 있는 것이, 사람들을 챙기고 대화하고 있는 것이 나를 위한 배려였다는 것을.
"그냥 나는 안 챙겨주고 그래서…. 서운해서 얘기해봤어. 다음부터는 나도 좀 챙기고 그래~"

나는 아마 여자친구가 말하지 않았다면 영원히 몰랐을 것이다.
사랑하는 사람에게 서운함을 얘기하는 것은 기분 나쁜 것을 표출하고 다투기 원해서가 아니라 내가 이런 감정을 느끼고 있었다는 것을 알아달라는 뜻이 아닐까 싶다.
사랑하는 사람에게 서운함을 얘기하는 것은 어쩌면 우리의 관계를 계속 유지하고 싶기 때문인지도 모르겠다.

나에게 맞는
　　　사람이 있다

여느 때와 다름없이 친구 녀석과 카페에 앉아 커피 한 잔을 마시는데
소개팅을 갔다 온 친구가 저한테 그러더라고요.

예전에는 소개팅하거나 사람을 만날 때 자기가 생각한 것만큼 잘되지
않으면 '인연이 아닌가 보다.' 하고 말았는데, 시간이 흐르고 나이가
들수록 하나둘 사람을 떠나보내는 게 자신의 잘못 아니냐고요. 본인
의 문제라고 한숨을 늘어놓더라고요. 사람의 인연이라는 것은 정해
져 있는 것이 없는데 말이죠.

우리가 흔히 말하는 사랑이라는 것을 들여다보면 어느 것이 옳고 어
느 것이 틀렸다는 답은 존재하지 않습니다. 사랑은 문제집처럼 답이
나와 있는 것이 아니라 문제집 안의 문제를 만들어가야 하는 것이기
때문입니다.

하나씩 따지고 보면 내가 하는 연애 방식이 그 사람에게 안 맞을 수도 있지만 분명 나와 연애 방식이 맞는 사람도 존재한다는 얘기입니다. 그렇기 때문에 사람을 만나도 쉽게 사랑을 하지 못하는 사람들은 불안해할 필요도 없고 나 자신을 탓할 필요도 없습니다. 나에게 맞는 사람을 만나지 못한 것뿐이니 자연스럽게 나의 모습 그대로 살아가며 포기하지 않고 사람을 만나보면 되는 것입니다.

상대방을 위해서
　　　나를 버리는 사랑은

가끔 시간이 나면 오픈 채팅으로 독자들의 고민을 들어주고는 하는데
대부분 이별에 대한 고민이 많다.
일방적으로 헤어짐을 통보받아 너무 힘들다는 고민과 나는 서로 다른
점을 이해하고 받아들이는데 상대방은 그러지 않는다는 고민과 아낌
없이 주는 것에 행복해 모든 말을 바보같이 믿었다는 고민까지.

상처받은 사람들의 특징을 들여다보면 처음에는 상대방이 변해서, 잘
못해서 헤어졌다고 생각하는 경우가 많은데 사람들과 대화를 하다 보
면 "너는 착해서 그래.", "다 퍼줘서 그래.", "너만 너무 잘해줘서 그래."
라는 말을 듣게 되는 것이다.
그러면 스스로에게 문제점이 있는 것만 같아 자신을 옭아매게 된다.
갑작스러운 감정 변화, 급격히 변하는 온도. 대화가 없는 엔딩까지.

사랑하는 방식과 이별하는 방식 중 어느 것이 답이고 어느 것이 틀렸다고 말을 할 수는 없지만 나는 사랑을 하고 있는 사람들에게 그리고 이별을 하고 있는 사람들에게 해주고 싶은 말이 있다.

상대방을 위해 나를 버리면서까지 하는 사랑은 사랑이 아니다. 사랑은 혼자 하는 것이 아니니 당신도 있는 그대로 사랑받으며 사랑을 해야 한다.

당신은 생각이
　　많아도 너무 많다

우리는 흔히 걱정거리가 생기면 생각을 하고 또 한다.
내일은 어떻게 될까, 한 달 뒤에는 어떨까?
생각이 모든 것을 해결해주지 않는다는 것을 알면서도 보이지 않는
것들을 미리 걱정하고 겁을 낸다. 사실상 따지고 보면 어떻게 될지 모
르기 때문에 그것이 더 나를 괴롭히는 일일지도 모른다.

답은 결국 겪어봐야 안다는 것이다.
나 자신을 조금은 놓아줄 필요가 있다. 이미 일어난 일이라면 그 일을
위해 걱정을 하고 뛰어다녀야 되는 건 맞지만 일어나지 않은 일이라
면 아직은 뭐든 장담을 할 수 없기 때문에 사서 고생하지 않았으면 좋
겠다. 그리고 어떠한 일이라도 자연스레 지나갈 것이다.
여태껏 우리가 이겨내며 지내왔던 것처럼 말이다.

삶은 슬픔과 아픔의 연속이기도 하지만

오묘한 것이기도 하여

살다 보면 아주 조그마한 것들로도

크나큰 행복을 느낄 때가 있다.

충분히 잘했다

요즘 따라 더 그렇다.
이겨내고 싶다는 마음이 들 때보다 도망치고 싶을 때가 더 많아진다.

'못난 나를 믿어주는 사람들에게 상처를 주는 것이 아닌가.' 하는 마음
이 들기도 하고 한편으로는 '차라리 나 혼자 모두를 내려놓는 것이 더
나은 결과가 아닐까.' 하는 생각을 하기도 한다.

매일같이 아등바등 살아도 달라지는 것은 아무것도 없었기 때문이
다. 그래도 나에게 꼭 해주고 싶은 말은 있다.
버티고 사는 것만큼 힘든 일도 없다는 것과 어떤 결과가 나에게 오더
라도 충분히 잘해왔다는 것은 잊지 않았으면 좋겠다는 것.

첫 만남

아는 것보다 모르는 것이 더 많은 낯선 사람과 얼마나 많은 대화를 했고, 얼마나 많은 시간을 보냈는지는 사실상 중요하지 않다. 눈에서 마음으로 가기까지의 시간은 모두가 다르기 때문이다.

어쩌면 사랑은 첫 만남의 느낌으로 결정되는지도 모른다.
몇 분만 대화해도 지겹고 불편한 사람이 있는 반면 오랜 시간을 대화해도 시간 가는지 모르고 상대에게 푹 빠지는 경우도 있다. 이러한 경우는 '사랑이 주는 신호가 아닐까.'라는 생각이 든다.

역시 사랑이라는 것은 '만나다 보면 좋아지겠지.' 하는 사람보다
첫 만남 때부터 호감이 드는 사람과 함께해야 좋은 거 같다.

대화의 기준

대화의 기준을 본인에게만 맞추려고 하는 사람들이 있다. 나는 나의 얘기를 했을 뿐인데 이기적이라고 얘기를 하는 사람도 있다. 단지 스스로 생각하고 느낀 것들을 얘기한 것뿐인데 말이다.

본인의 말은 모두가 정답이라고 생각하는 사람과는 더 말을 섞지 않기로 했다. 대화할 때 불편한 것은 나의 기준에서 틀린 사람이어서가 아니라 생각하는 기준이 다르기 때문이다.

말하는 것이 나와 맞지 않는다고 상대방의 말하는 방식이 틀렸다며 화를 내거나 이해를 강요해서는 안 된다. 모든 사람은 각자만의 색을 가지고 살기 때문에 그리고 대화의 답은 어디에도 정해져 있지 않기에 다름을 인정하고 받아들일 줄도 알아야 한다.

나는 나와
　　　헤어지지 않는다

자존감이 많이 떨어진 사람들은 무엇이든 다 본인의 탓으로 돌린다.
모든 것을 다 잘할 수 없는 일인데 모든 것을 못한다고만 얘기한다.
"내가 못나서 그래. 내가 못해서 그래." 이 말은 세상 어떤 사람에게도
적용되지 않는 말이다.

못하는 것이 있다면 노력을 하자.
서툴더라도 서두르지 말고 천천히 하나씩 얻어 가자.
가만히 앉아 생각만 한다면 달라지는 것은 아무것도 없다.
스스로가 못나 보인다고 생각한다면 사랑에 빠지자. 나를 관리하는
방법도 배워야 하지만 둘러보면 당신을 사랑하는 사람들이 많다.
절대 잊어서도 안 되고, 절대 잃어버려서도 안 된다.
영원히 나와 헤어지지 않는 것은 나 자신이다.

사랑은
아름다운 것

사랑을 하고 이별하는 것은 나쁜 것이 아니다.
사람을 만나고 헤어지는 것은 누구나 겪는 일이다.

모든 것을 다 줘도 아깝지 않은 사랑을 해보고
두 번 다시 안 볼 것처럼 다투기도 해보고
만나는 내내 상처만 쌓인 사랑을 해보기도 하고
흉터만 남은 나를 아낌없이 안아주는 사람을 만나 행복하기까지.

이별의 아픔을 통해 한 번 더 성숙해지고, 또 다른 사랑의 시작에
아픔을 허락하기도 한다.
사랑과 이별에는 연습이 존재하지 않기 때문에 끝은 모든 상처를
안아주는 사람과 함께할 것이다.
그래서 사랑은 아름다운 것이 되는 거고.

길거리에 조그마하게 핀 꽃을 봐도 예쁜데

너를 보러 가는 나는 오죽할까.

아름다운 것들

구름 한 점 없는 새파란 하늘, 길거리에 핀 예쁜 꽃들,
부르면 달려와 주는 친구들, 아프면 걱정해주는 가족들,
해질녘의 노란빛 노을, 어두운 밤길을 밝혀주는 가로등까지.

세상을 걱정 한 가득 안고 살아가기에는
주변에 아름다운 것들이 너무 많지 아니한가.

후회
없는 삶

정답이 정해져 있는 것은 없다.
불안정한 현실이 먼 훗날 성공이란 길로 들어설 수도 있고
확실하고 안정적인 지금이 먼 훗날 바닥을 칠 수도 있다.

곁에 있는 사람이 평생 옆에 있을 거라는 보장도 없고
멀리하던 사람을 가까이 해야 하는 경우도 있다.

자신을 괴롭히지도 말고 지금을 두려워하지도 말 것.
정답 없는 삶을 위해 노력하며 소중한 사람에게 소홀히 하지 말 것.

나의 삶을 살아가는 데 있어 후회 없는 선택을 했다면 겉보기에
100점은 아니어도 스스로가 100점이라 생각하며 사는 것이다.

부디

나오지 않는 답을 밤새 생각하지 말고, 일어나지 않은 일에 대해 미리 걱정하지 않으며 자신을 괴롭히는 일은 그만둘 것. 한 번 깨진 신뢰는 되찾기 힘들기 때문에 어떤 이유에서든 거짓말은 하지 않을 것. 실수나 잘못된 일을 행했다면 모른 채 넘어가지 말고 잘못을 인정하며 상대방에게 용서를 받을 것. 어떠한 상황을 마주 하더라도 도망가지 않으며 나라는 끈을 끝까지 부여잡고 이겨낼 것. 정한 일이 있다면 내일로 미루지 않고 지금부터 시작하여 흐르는 시간을 헛되이 보내지 않을 것. 건강하지 못한 관계는 가차 없이 놓아줄 것. 알면서도 놓아주지 못하면 더 큰 상처를 받는다는 것을 잊지 않을 것. 큰 것에만 치우치지 말고 사소한 것에서부터 행복을 찾을 것. 힘듦과 아픔 사이에 머물지 말고 행복만 느끼며 살아갈 것.

행복은 꽃처럼
다시 핀다

비가 주룩주룩 내렸던 하늘이 지나가고
엄마와 함께 거리를 나선 봄에 빠진 아이가 있었다.

평소 꽃을 좋아하던 딸에게 엄마는 벚꽃을 보여주고 싶었지만
비가 많이 내려 다 떨어지고 없었다.

"딸, 비가 와서 꽃이 다 떨어졌네. 예쁜 꽃 보여주지 못해서 미안해."
"아니에요. 꽃이 없어도 괜찮아요."

꽃을 좋아하던 아이가 꽃이 없어도 괜찮다고 하니
몹시 의아했던 엄마는 다시 물었다.

"꽃이 없어도 괜찮아? 왜?"

"없어진 거 아니잖아. 다음에 보면 되지."

행복은 스스로 만들어가는 것이다.
지금 아무것도 이루지 못했다고, 가진 것이 없다고 해서
행복이 사라진 것이 아니다.
비가 내린 후에 햇빛이 나고 무지개가 나듯 슬픔도 잠깐이다.
꽃이 다시 피듯 당신의 행복도 다시 필 것이다.

하루를 이겨내는
　　　　　　당신은

맞지도 않는 신발을 신고 다니는 사람이 많은 요즘이다. 걷기 불편해도, 걷다 발에 물집이 잡혀 힘들어도, 곪은 물집이 터져 아파도 소중한 사람들이 알면 더 힘들어할까 봐 아픔 하나쯤은 아무렇지 않은 듯 가지고 살아간다.

힘든 사실을 마주 보고 인정하면 스스로 무너질 것만 같다. 이렇게 힘든 것들을 숨긴 채 살아간다는 것이 얼마나 힘든지 힘듦을 겪고 있는 사람들은 안다. 나를 믿고 기다려주는 사람들에게 상처 주기 싫어서, 그리고 자신의 다짐을 무너뜨리고 싶지 않아서.

반대로 세상 사는 것이 지치고 힘들고 행복하지 않아도 하루를 버틸 수 있게 만들어주는 소중한 사람들이 있다는 것은 정말 좋은 일이다. 아픔 하나 때문에 삶을 포기하지 마라. 당신에게 소중한 사람이 있다는 것은 당신이 소중하다는 의미와 마찬가지다.

싸운 뒤는
뜨거움

여자친구와 벚꽃을 보러 갔다. 비가 온 다음 날이라 날씨가 후덥지근
해서인지 서로가 예민해져 있는 상태였다. 꽃이 핀 길거리를 지나다
니다 바글바글 줄이 서 있는 맛집을 보며 나는 한숨을 내쉬었다.
"배도 고픈데 우리 다른 데 가면 안 될까?" 날씨도 너무 더웠고, 거기다
허기까지 진 상태라 길게 늘어진 줄을 기다리지 못할 것 같았다. "아
니, 그래도 여기까지 왔는데 먹어보자." 여자친구는 단호하게 안 된다
며 말을 잘랐다. 결국 말다툼으로 번졌고, 열이 받은 나는 혼자 다른
곳으로 이동했다. 혼잣말을 하며 10분을 걸었을까? 골목을 뒤돌아보
니 자존심이 강한 여자친구가 혼자 서 있을 것만 같아 괜히 마음이 미
안해졌다.

나는 결국 다시 그 맛집 앞으로 돌아갔다. 여자친구는 멀찌감치 걸어
오는 나를 보더니 눈물이 반쯤 고였다. "조금만 이해해줄걸." 입술이
삐죽 나온 여자친구에게 미안하다고 말을 했더니 "앞으로는 싸워도

기분 나쁘다고 혼자 가지는 마. 나는 기다리는 거 때문에 싸운 것보다 말하는 도중에 다른 데로 가버리는 게 더 화가 나." 여자친구의 말을 듣고 나니 미안한 마음과 많은 생각이 들었다.

연인 사이에서 사소한 일로든 큰 일로든 싸우고 나면 서로 등을 지고 돌아설 것이 아니라 끝까지 얼굴을 마주 보며 대화를 해야 한다.

이유는 잠깐의 그 암묵적인 시간이 서로를 더 다치게 할 수도 있기 때문이다. 자존심을 내세우지 말고 상대방의 입장을 생각하며 서로를 조금씩 배려하자. 그리고 꼭 다툰 뒤에는 더욱 뜨겁게 사랑을 했으면 좋겠다.

삶은 비탈지다

오늘 하루가 너무나도 힘들었는데 지치고 아프다는 얘기를 아무에게
도 할 수 없다는 게 마음이 참 아프다.

모든 사람이 힘들다고 하지만 내가 하는 일이 그리고 내가 하는 걱정
들이 제일 지치고 힘든 것만 같으니까. 버티고 싶지 않다는 마음은 수
시로 내 마음을 흔들었고 하루하루 기대감 없이 살아가던 나는 행복
을 찾아볼 수 없었다. 아니, 찾을 시간이 없었다. 그렇게 기계가 된 듯
반복적인 생활을 하면서도 잊지 말아야 할 것이 있다. 스스로가 불행
하다고 생각을 한다면 끝까지 불행한 삶을 살 것이고, 끊임없이 포기
하지 않고 행복하겠노라 다짐한다면 삶은 달라질 것이다.

삶은 비탈져서 힘든 것뿐이지 행복하지 않은 삶은 어디에도 없다.

이런 사람을 만난 것. 성효승

· 연락이 잘 되는 사람을 만나라.
  마음 편히 잠을 잘 수 있다.

· 아기를 좋아하는 사람을 만나라.
  사람을 함부로 대하지 않을 사람이다.

· 예의 바른 사람을 만나라.
  부모님이 110% 좋아하신다.

· 특별한 날이 아님에도 선물 주는 사람을 만나라.
  끔찍이 좋아하고 있다는 거다.

· 말을 예쁘게 하는 사람을 만나라.
  다투게 되면 오래가지 않는다.

· 보이지 않아도 믿을 수 있는 사람을 만나라.
  그만큼 당신이 사랑한다는 증거다.

공허함이
　　　느껴질 때

평소에는 아무렇지 않게 잘 지내왔지만 가끔 집에 있다 보면 의미 없이 마음이 공허한 날이 있다. 시간이 새벽을 가리키고 있지는 않지만 어딘가 나설 곳은 없고, 그렇다고 지금 사람을 불러내기에는 너무 애매한 그런 시간. 이유 없이 심심하고 공허한 마음을 달래기에는 뚜렷한 답이 없을 때가 있다.

그럴 때는 공허한 마음이 마치 외로움을 뜻하기도 하는 것 같다.

사람이 없어서 그런 것인지, 누군가와 대화를 하면서 살아야 하는데 너무 나를 가둬놓고 있는 것은 아닌지…. 괜스레 나에게 문제가 있는 것만 같이 느껴지는 공허함이 한편으로는 무겁고 무서울 때가 있다.

그렇게 자연스럽게 찾아온 공허함으로 스스로를 탓하거나 상심하지 않았으면 좋겠다. 공허함이라는 것은 말 그대로 실속이 없는 것으로 시간이 흐르면 자연스럽게 사라지고는 한다.

자연스럽게
　　　　멀어지는 것들도 있다

아무리 겪어도 겪어도 익숙해지지 않는 것이 있다.
그것은 바로 멀어지는 것을 바라보는 것이다.
학창시절 하루에 절반을 같이 보내던 친구와 몇 년을 함께하다
직장이 멀다는 이유로 연락을 끊은 채 살아가기도 하고,
연인보다 더욱 소중하게 여겼고 나를 제일 잘 알고 있던 친구와
사소한 트러블로 인해 몇 년을 감감무소식으로 지내기도 하고,
때로는 아무 이유 없이 멀어지는 주변 사람들까지.

시간이 지나고도 멍하니 멀어지는 것들을 바라보고 있으니
'나에게 문제가 있는 걸까?' 괜히 자신을 탓하게 된다.
내가 용기를 내지 않아서 그런 것일까?
내가 먼저 사과를 하지 않아서 그런 것일까?
왜 우리는 이것밖에 되지 않았을까.

답이 정해져 있지 않은 관계에 너무 상심하지 않았으면 좋겠다.
멀어지지 않는 관계가 있다면 그것은 서로가 노력하고 있다는
것이고, 반대로 이유 없이 멀어지는 관계가 있다면 우리는 그것을
자연스럽게 놓아주고 있는 것뿐이다.

사랑은
　　　　부지런해야 한다

우리는 사랑을 하면서 가끔 착각하는 경우가 생긴다.
흔히 얘기하는 것 중에 대표적인 것이 그 사람을 다 안다고
생각하는 것.
오랜 시간을 함께 보내서 아니면 내가 사람 보는 눈이 뛰어나서
사랑하는 사람을 다 안다고 생각하는 경우가 종종 있다.
가끔은 나쁜 쪽으로 생각하는 사람들이 보이기도 한다.
"이 사람은 내가 없으면 안 될 거 같네."

사랑은 보이는 것이 다가 아니다.
함께 계절을 걸어오면서 무의식중에 보이는 것들을 종종 놓치곤
한다.
서로에게 익숙해져서, 서로에게 당연해져서
고마운 것들이 무뎌지고, 서운한 것들이 자주 생기는 것이다.

보이는 것들을 놓치는 것은 모두 소홀에서부터 시작이 된다.

아무리 사랑이라는 것이 이해하고 받아들이는 것이라고 하지만
적당함에서 지나치게 되면 관계가 어긋나 버린다.
그러므로 서로에게 사랑은 시간이 흘러도 결코 가벼워서는 안 되고
끊임없이 부지런해야 한다.

자신을 조금 더
잡아주자

가끔 이유 없이 울적할 때가 있다.
기분이 좋다가도 집에만 들어오면 공허한 느낌이 들고,
나는 다 괜찮다고 생각했는데 씻고 눕기만 하면 와르르 무너져버리기
도 한다.

아무에게도 털어놓지 못한 고민이 곪은 탓일까?
아무도 나에게 아픔을 물어보지 않아서였을까?
자신을 한심하게 느껴서였을까?
아니면 타인이 나를 한심하게 보고 있을 것만 같아서 그런 것일까.

이런 나를 안아줄 수 있는 것은 나 자신뿐이다.
시간이 흐르고 또 흘러도 이유 없이 마음이 요동칠 때에도
"조금만 있으면 괜찮아지겠지."

"조금만 있으면 곪아 있던 상처가 누그러들겠지."

좋은 것들만 보고, 좋은 것만 느끼고, 좋은 것만 들으면서
나 자신을 조금만 더 잡아주길 바란다.

소중한 사람에게는

우리는 종종 "있을 때 잘해라."는 말을 하고는 한다.
사실 곁에 머물러 있는 사람들이 나에게 얼마나 소중한 존재인지를
자각하지 못하는 경우가 많다. 말로는 쉽게 소중한 사람이라고 얘기
하지만 진심으로 표현을 하지는 않는다.

이유는 간단하다. 사라지지 않았기 때문이다.
소중한 것은 멀어지거나 헤어짐을 겪고 나서야 생각했던 것보다 마음
깊숙이 자리 잡고 있었다는 것을 알 수 있다.

겪어봐야 알 수 있다는 말도 그런 뜻이 아닐까?
뒤늦게 소중함의 깊이를 알았을 때는 이미 나에게서 떠나간 경우가
많다.

지금 곁에 당연하게 머물러 있는 사람들에게 소홀히 하고 있지는 않은지 진심으로 사랑한다고 표현한 것이 언제가 마지막이었는지 뒤돌아 생각해보고, 한 번쯤 마음 깊숙이 들여다보길 바란다.

타이밍이 되면 해야지, 기념일에 해야지.
부끄러워서 못하겠다, 오글거려서 못하겠다.
이렇게 선을 긋고 뒤늦게 표현을 하면 늦을 수도 있다.
소중하다고 생각하는 사람들에게는 아낌없이 표현을 할 때 가장 아름답다.

사람을 만나는 방법과
　　사람을 놓아주는 방법은

살아가다 보면 무수히 많은 사람을 만나고 스치기도 한다.
어떨 때는 낯선 사람과 한없이 가까워지기도 하고
어떨 때는 비밀이 없던 사람과 멀어지기도 하고
어떨 때는 심장도 내줄 것처럼 사랑했던 사람과 헤어지기도 한다.

생각해보면 헤어지는 것보다 가까워지는 것이 조금은 더 수월했던 것
같다. 마음이 움직일 때마다 우리는 그것을 행동으로 보여주기 때문
이다.
반대로 우리는 사람을 놓아주는 일은 정말 많이 힘들어한다. 추억이
많아서일까, 함께해온 시간이 길어서일까.
확실한 답을 내놓을 수는 없지만 놓아주는 것이 힘든 이유는 아마 마
음이 요동쳐도 그것을 행동으로 보여주지 못하기 때문인 거 같다.

연애를 많이 해본 것도 아니고, 소중한 사람을 많이 잃어본 것이 아니라서 사실 모든 관계에 헤어짐이 익숙하지는 않다. 하지만 한 번씩 겪는 이별에 스스로 성숙해질 수 있어야 한다.
사람을 만나고 사람을 잃는 것에 대한 감정 소비를 최대한 줄일 수 있어야 하며 중심을 잡지 못하고 아닌 것에 미련을 두면 자신에게 더 큰 상처를 줄 수 있다는 것을 배워야 한다.

사람을 만나는 방법과 사람을 놓아주는 방법은 어느 하나 쉬운 것이 없지만 아닌 것은 아니라고 판단할 줄 알아야 지금보다 내가 더 나아질 수 있다.

사랑하면서 사세요.

나를, 그리고 당신의 사람을.

감정을 배우다
성호승

부모님에게 나는

어릴 적부터 남들에게 나의 속내를 잘 드러내지 않았다. 걱정이 있어도, 아픔이 있어도 혼자 해결하기 바빴다. 어쩌다 가끔은 한계점에 닿은 듯 한 번씩 무너지기도 했지만 문제없었다. 그러나 힘들거나 지칠 때 말이 없어지는 나를 엄마는 안타깝게 생각하셨나 보다.

늦은 저녁, 아들의 밥상을 차려주고 부엌을 나서는 엄마가 나지막이 말씀하셨다.
"아들, 엄마 앞에서는 어른이 되려고 하지 마. 내 눈에는 언제나 아이 같아 보이니까."

아무렇지 않게 묵묵히 잘 지내는 모습만 보여주고 싶었다.
부모님은 그저 나의 자랑만 하고 다니실 수 있게 혼자 멋지게 일어나고 싶었는데 속내를 드러내지는 않았지만 그런 나를 알아주셔서 고마웠다. 그리고 열심히 버티고 살고 있는 것 또한 알아주서서 고마웠다. 아직 부모님에게는 아이로 살 수 있어서 행복하다.

추억은
그래야 해요

소중한 사람들과 모이면 추억거리를 하나씩 꺼내고는 해요.
모르는 사람들에게는 말하기 부끄러운 일들과
행복했던 일들, 아프고 힘들었지만 이겨낸 일들까지.

내일이 되면 오늘도 추억이 될지 몰라요.
지나간 순간이 그립고, 스쳐 간 사람들이 보고 싶은.
어떤 순간순간이 생각이 난다면
슬퍼하는 것보다 행복했다고 말하기로 해요.

추억은 그래야 해요.
그런 일들이 있었기 때문에 지금의 내가 있을 수 있다고.

삶을 살아가는 데 있어
중요한 것은 사람이다

남들보다 가진 것이 많아서 여유롭게 사는 것도 좋은 거고,
가진 것은 많이 없지만, 항상 만족하며 사는 것도 좋다.

어떤 삶을 살아가는 것이 더 행복하다는 정의는 없지만
삶을 살아가는 데 있어 가장 중요한 것은 곁에 머물러 있는 사람들이
아닐까 싶다.

힘들지만 이겨낼 수 있었던 것도,
아프지만 버틸 수 있었던 것도,
행복한 것들을 나눌 수 있었던 것도
완벽하지 않은 나와 함께 걷는 사람들이 있기에 포기하지 않았기
때문이다.

아무것도 없을 때, 내가 아무것도 아니라는 생각이 들 때,
묵묵히 옆을 지켜주는 사람이 있다면 그것이 삶을 살아가는 데 있어
가장 큰 선물이 아닐까 싶다.

살아 오면서 '내가 정말 무섭다고 느낀 것들.

감정을 배우다.

· 사람

· 사람

· 사람

· 사람

· 사람

· 사람

멀어도 사랑해
(장거리 연애 편)

정말 나에게 사랑이 있을까?

요즘 나는 정말 바쁘게 살아간다. 20대 초반에는 그랬다. 대학교를 졸업하고 남들에게 뒤처지지 않으려고 취업에 매진했다. 휴대폰을 몇 개월간 내려놓기도 해보고, 정신이 혼미해질 정도로 잠도 안 자며 수 개월을 노력하고 또 노력했다. 그렇게 우연히 좋은 직장에 가게 되었지만 막내 생활부터 어느 하나 쉬운 게 없었다. 나의 직장생활은 하루하루 눈치 보기 바쁘고, 사람들한테 이리저리 치이다 보니 스트레스로 탈모까지 생길 지경이었다. 몇 년간 그렇게 달려왔지만, 삶에 내가 없는 것만 같았다. 사랑은 하지 않았냐고? 일과 집을 반복하다 보니 누구를 만날 시간도, 마음의 여유도 없었다. 남들은 뭐가 그렇게 여유가 남아 사랑도 하고, 여행도 하는지 모르겠다만 나도 이제는 내 삶을 즐기려고 한다.

사랑은 사람이 있어야 가능한 거니까, 패스! 그럼 처음으로 혼자 여행을 가보자! 해외여행은 무섭고…. 음, 제주도에 한 번 가볼까? 평소 친구들이 폰맹이라고 할 정도로 기계치였던 나는 우여곡절 끝에 앱을 이용해 3박 4일 비행기 표와 게스트 하우스를 저렴하게 예약했다.

날씨 되게 좋다. 제주 공항에 도착함과 동시에 뿌듯함과 설렘이 몰려 왔다. 나도 할 수 있구나. 뭐 그런 것들? 하지만 문제점이 하나 있었다. 나는 면허증이 없다. 아빠가 운전을 배우라고 했는데 왜 안 배웠을까 후회했다. "에이, 몰라. 어떻게든 되겠지." 버스를 이용해 제주 핫플이 라는 곳을 모두 돌아다니기로 했다. 그중 첫 번째가 애월읍이었다. 이 번 여행 목표는 바다 앞에 있는 예쁜 카페에 가는 것. 솔직히 제일 중 요한 건 카페의 빵이 맛있어야 한다는 것이다. 빵순이는 커피보다 빵 을 더 중요시하기 때문이다.

처음으로 들어선 카페. 평일인데도 사람이 꽤 많다. 핫플이 맞나 보 다. 혼자서 셀카도 찍고, 커피와 빵도 먹고, 바다 사진도 찍었다. 그렇 게 여유를 즐기다 몇 시간이 흘렀을까? 사람이 많아서 그런지 피곤함 이 몰려왔다. 곧바로 게스트 하우스로 이동했다. 이동 도중에 느낀 점 은 제주도는 차가 없으면 정말 불편하다는 것이었다. 꼭 면허증을 따 서 다시 한 번 더 와야지! 게스트 하우스에 도착하니 갑작스레 배고픔 이 몰려왔다. 옥상에서는 고기를 굽나 보다. 고기 냄새가 여기까지 나네. (꼬르륵) 점심 먹은 지 꽤 오래됐다. 배고파. 계단을 올라가는 길에 주인장 아주머니와 눈이 마주쳤고 아주머니는 위에 고기 많으니까 같이 가서 먹으라고 하셨다. 오늘 마지막으로 숙소에 묵고 떠나는 사람이 있다는데 그 사람이 고기와 다른 먹거리들을 사 왔나 보다. 사람 만나는 것이 익숙하지는 않았지만, 배가 고프기도 하고 궁금하기도 해서 그 자리에 한 번 앉아 보기로 했다.

"안녕하세요." 생각보다 남자들이 많아 부끄러움이 몰려왔다. 화장 좀 고치고 올걸…. "안녕하세요. 남은 자리가…. 아, 저기에 하나 있네요." "아, 네. 감사합니다."

삐죽삐죽 어색하게 자리에 앉아 접시에 덜어주는 고기를 하나씩 집어 먹었다. 부끄럽긴 했지만 생각보다 자리가 재밌었다. 아무것도 모르는 서로가 웃으면서 대화하는 것이 신기하기도 했지만 한편으로는 아무것도 모르기 때문에 이렇게 웃고 있을지도 모른다는 생각이 들었다. 30분쯤 흘렀을까? 옆자리에 홀로 앉아 있던 남성분이 피곤해서 먼저 들어가 보겠다며 자리에서 일어났다.

(뭐야? 내가 말 안 걸어서 가는 건가? 재미가 없어서 가는 건가?)

'말 한마디 안 하던데, 내가 말 좀 걸어볼걸 그랬나?' 쓸데없이 걱정을 했다. 10시쯤 됐을까? 자리를 마무리하고 내일을 준비하기로 했다. 조그마한 방에 들어와 씻고 누워 휴대폰을 보다 보니 시간이 꽤 흘렀다. 나도 내일을 위해서 빨리 자야지!

"아~ 날씨가 되게 좋네." 오늘도 역시나 미세먼지 하나 없이 맑고 밝았다. 제주도는 매일 맑은가? 숙소가 김녕해수욕장과 가까워서 바다가 보이는 카페를 찾아 브런치를 즐기기로 했다. 몇 발 걷지 않고 브런치 카페를 찾았다. 주문을 하고 예쁜 창가 자리에 앉았는데….

앗, 내 앞 테이블에 있는 사람? 어제 파티에서 먼저 일어났던 사람이다! 하지만 먼저 아는 척하기가 부끄러워서 조용히 브런치를 즐겼다. 가볍게 식사도 했으니까 운동 겸 유명한 오름에 한 번 가볼까? 지도를 들고 가게를 나섰는데 카페에서 마주쳤던 그 남자가 앞에 있었다.

"이제 어디로 이동하세요?" 남자도 나를 기억하고 있는지 가게에서 나오자마자 눈을 마주 보며 말을 건넸다. "어, 저 오름 한 번 가보려고요." "어디 오름이요?" 왜 계속 물어보는 거지? "차가 없어서 아마 가까운 데로 가지 않을까 싶어요." "저도 지금 궷물오름 갈 건데 같이 갈래요?" "정말요? 그래도 돼요?"

얼굴을 한 번 봤기 때문에 그런 건지 몰라도 거리감은 느껴지지 않았다. 궷물오름 가는 길이 생각보다 시간이 오래 걸려서 이동하는 중에 서로에 대한 질문과 얘기를 이어나갔다. 나보다 6살이 많은 오빠였다. 경상남도 사람인데 말하는 것이 재밌어서인지 아니면 사투리를 쓰니까 뭔가 되게 귀엽다고 느껴져서인지 서로 주제를 던지면 대화가 끊이질 않았다. 그렇게 궷물오름에 도착해서 20분 정도 걸어 올라갔다. 너무 예뻤다. 호주? 하와이? 해외에서 볼 법한 그런 배경이 눈앞에 펼쳐져 있으니 인생 사진은 빠질 수 없었다.

"사진 한 번 찍어주세요." 남자는 내가 웃겼는지 피식 웃으며 대답했다. "그래요." 부끄럽긴 했는데 찍어줄 사람이 없으니까!(찰칵, 찰칵)

"고마워요!" "잘 못 찍는데 네가 다시 한 번 봐봐."

사진첩에 들어가 보니 말로 설명할 수는 없지만 정말 더럽게 사진을 못 찍는다. 근데 또 웃기는 건 뭘까?

"오늘 정말 고마웠어요!" "잠깐, 나 내일 부산으로 가는데 지금 맥주 한 잔할래?"

이 사람과 오늘 종일 같이 붙어 다니다 보니 이상하게 헤어지는 것이 아쉬웠다. "그럴까요?" 캔 맥주 4개와 마른 안줏거리를 들고 숙소 앞 바닷가에 앉아 시시콜콜 많은 대화를 나누었다. 바쁜 삶 속에서 찾지 못했던 나를 발견하기도 했고, 그 사람이 따뜻하고 좋은 사람이라는 것도 느낄 수 있었다.

"저 이제 자러 갈게요. 내일도 일정이 있어서." "저기 혹시 남자친구 없으면 전화번호 좀 받을 수 있을까? 이런 거 처음인데….."

처음은 뭘 처음이야, 말하는 것만 봐도 많이 해본 거 같은데….

"잘 가요, 오빠~" 나는 번호를 주지 않았다. 왜냐고? 음, 게스트 하우스에서 만나면 안 좋다는 말을 듣기도 했고, 사람은 좋지만 거리도 멀고, 만날 일이 없을 거 같아서? 그리고 다른 여자한테도 이럴 거 같아서?

의심이 많으면 좋은 거 아니겠어? 어휴, 빈속에 술을 먹었더니 술기운이 올라오는 거 같다. 씻고 바로 자야지! 내일은 어디로 가볼까?

알람 소리가 세차게 울린다. 몇 시지? 헉 11시네. 그 사람은 갔겠지? 나도 씻고 나갈 준비를 해야겠다. 마른안주를 너무 많이 먹었나 눈이 퉁퉁 부었다. 지도를 들고 게스트 하우스를 나가는 길, 숙소 앞에 그 남자가 부산에 가지 않고 서 있는 것이었다.

"부산 안 갔어요? 비행기 놓친 거예요?" "방에 들어가서 조금 더 마셨는데, 일어나지 못해서 못 갔네." "그럼 어떻게 해요?" "뭘 어떻게 해. 그냥 놀다 가는 거지."

나는 이해가 되지 않았지만 남자는 정말 천하태평이었다. 돈이 아깝지도 않나 보다. "오늘 마지막 날 맞지? 우도 가자. 지금 가면 오후에 나올 수 있을 거야."

나는 대답하지 않았다. 어제 일이 미안하기도 하고, 괜히 여지를 주는 거 같기도 해서. 하지만 남자는 굴하지 않고 말했다. "가기 싫으면 어쩔 수 없지만 차가 있어야 우도를 한 번 다 돌아볼 텐데?"

우도 정말 가고 싶었는데…. 그래, 그냥 구경만 하는 거야!

그렇게 서로 눈이 퉁퉁 부은 채 선글라스를 끼고 우도로 향했다.

"성인 2명이요." 아니 왜 내 것까지 계산을 하는 거야? "왜 내 것도 계산해요. 나 돈 있는데." "한 명씩 계산하면 시간이 오래 걸리니까 그냥 내가 한 거야. 나중에 돈 다 받을 거니까 그런 거 걱정하지 마." 내가 너무 예민한 건가? 괜히 어제 있었던 일 때문에 미안해지는 것만 같다.

(부~웅) 배를 타고 가면 우도는 15~20분 사이에 도착한다고 해서 안으로 들어가지 않고 배 끝머리에 서서 바다를 끝없이 감상했다. 그러다 보니 젠장. 머리가 다 넘어가 버렸다. 그런 나를 보고 남자는 웃는다. "내 머리가 그렇게 웃겨요?" "아니 그런 게 아니라." 서로를 보며 피식피식 웃다 우도에 도착했다. 참 신기한 게 있다면 어제 그런 일이 있고도 어색하지 않았다는 것이다. 우리는 지도를 보고 시계방향으로 돌기로 결정하고 오빠가 운전을 하는 동안 나는 맛집을 검색하기로 했다. 가는 도중 해안도로가 너무 예뻐 창문 밖만 보느라 인터넷 검색을 하지 못하고 사진만 열심히 찍었다.

30분쯤 갔을까? 맛집을 찾지 못하는 나를 보고 여기서 밥 먹자며 차를 세웠다. "여기 맛있다는데 가보자." 뭐야? 아는 집이었어? 메뉴는 보말 칼국수. 먹어본 적이 없어서 그런가, 맛보다는 처음이라는 것에 의미를 두었던 거 같다. 밥을 다 먹고 나와 오빠는 당연하다는 듯이 카페로 이동했고 자연스럽게 빵을 시켰다.

"오빠 빵 좋아해요?" "아니. 너 좋아하는 거 아니었어?" 겁나 시크하다. 안 보고 있는 척하더니 다 보고 있었네? 근데 어떻게 알았을까? 칼국

수로 배를 채우지 못했기 때문에 나는 빵으로 배를 채웠다. "빵 맛있어?" "네, 맛있어요." 오빠는 피식 웃더니 그 자리에 앉아 빵을 먹는 나의 모습을 계속 보고 웃고 있었다. 뭔가 부끄러웠다. 그렇게 1시간 30분에 걸쳐 우도를 돌았고 해가 질 때쯤 우리는 배를 타고 제주도에 내려 바로 숙소로 돌아왔다.

"오빠는 어떻게 해요?" "나 근처 아무 데나 방 잡고 자지 뭐. 그런데 아직도 번호 줄 생각은 없는 거야?" "오빠 덕분에 여행 너무 즐거운 건 맞아요. 근데 번호를 주는 건 좀 그래요. 미안해요. 조심히 들어가세요." 너무하다고 생각할 수도 있고, 나쁜 사람이라고 생각할 수도 있다. 하지만 나는 아직 누군가를 만나기가 두렵다. 특히 이런 낯선 곳에서 만난 사람이라면 더더욱. 좋은 사람인 것도 알겠고, 괜찮은 사람이라는 것도 알겠지만, 현실적으로 거리가 너무나도 멀었고, '이렇게 헤어지면 언제 볼 수 있을까.'에 대한 기대감이 나를 무너뜨릴 것만 같았다. 내 마음을 이해 못하는 사람도 있겠지만 반대로 상처를 깊게 받아본 사람은 알 것이다. 어떤 사람이 다가와도 불안한 것들이 있고, 감정이 요동쳐도 제어를 해야 하는 그런 부분들이 있다는 것.
잘 들어갔겠지? 괜히 미안함이 몰려온다. 아니야, 아니야. 생각할 필요 없어. 현실적으로 우린 아니었어. 이불을 덮고 눈을 감았지만 계속 그 사람이 생각이 났다.

마지막 날. 내일이면 또다시 일의 노예가 될 텐데 일찍 돌아가 집에서 쉬어야겠다. 오후 3시 비행기라 2시간 정도 시간이 남았다. 점심이라도 먹을까 싶어 공항 근처로 향했고 맛있는 식당을 찾아 든든히 배를 채웠다.

그렇게 제주도의 마지막을 여유롭게 즐겼다. 남은 시간은 공항에 앉아서 노래나 들어야지. 요즘 스웨덴세탁소의 '답답한 새벽'이라는 노래에 빠졌다. 가사가 좋아서 그런 건지, 잔잔해서 좋은 건지는 모르겠지만 내 취향과 맞는 노래였다.

"자, 커피." 갑자기 내 눈앞에 커피가 보였다. '뭐지?' 하고 옆을 돌아봤는데 그 오빠가 옆에 앉아 있었다. "어, 오빠?" "뭘 이상한 눈으로 보고 있어. 따라온 거 아니야. 나도 집에 가야지." 이 사람은 이런 일이 있고도 되게 잘 웃었다. 아니면 화장기 없는 내 얼굴이 웃겨서인가….
"몇 시 비행기예요?" "나 너 가고 나서 자리 남는 비행기 있으면 타고 가려고." 그렇게 조용했던 사람이 정말 왜 이러는 걸까?
"오빠 왜 이렇게까지 하는 거예요?" "그러게 내가 왜 이렇게까지 하는지 모르겠네. 번호 알려주면 생각해보고 연락해줄게." 참 열정이 대단하다. "저는 뭐 예쁜 것도 아니고 몸매가 좋은 것도 아닌데 오빠가 뭐가 아쉬워서 이렇게까지 하는 거예요?" 이해를 할 수 없는 나는 직접적으로 묻고 따지기로 했다. 그러자 이 사람은 한참 대답을 머뭇거리다 속삭이듯 말했다. "아쉬워할 거 같으니까 그런 거지." 나도 모르게 얼굴이 붉어졌다. 이 사람의 마음은 진심인 거 같았다. 그렇게 아무 말도 안 하고 5분 정도 있는데 그 사람이 나에게 전화번호가 적힌 명함을 주었다.

"그렇게 번호 주기 싫으면 지금은 달라고 안 할게. 언제든지 마음 바뀌면 연락 한 통 해줬으면 좋겠어. 나 갈게!"

나는 아무 말도 하지 못하고 그 사람을 보낼 수밖에 없었다. 그렇게 비행기를 타서 자리에 앉는 순간까지 심장 박동이 느려지지 않았다. 잘 가고 있을까? 비행기 표가 없으면 어떡하지? 남자친구도 아닌데 걱정이 앞섰다.

해가 다 지고 나서야 집에 도착했다. 짐을 정리하고 1시간 정도 반신욕을 즐겼다. 역시 집이 최고야. 샤워를 끝마친 후 침대에 누워 그 사람의 명함을 꺼내 봤다. 잘 들어갔을까? 10분간 휴대폰을 만지작거렸다. 그래 뭐 만나는 것도 아니고 연락해보는 건데!

"집에 잘 들어갔어요?" 설레는 마음으로 메시지를 보냈지만 30분이 지나도 답장은 오지 않았다. 많이 늦어서 그런 건가. 신경은 쓰였지만 피곤한 나머지 잠이 들었다.

"아, 비행기가 없어서 숙소에 들어와서 잤어. 오늘 아침 7시 비행기가 있어서 그거 타고 갈 거 같아! 연락해줘서 고마워, 잘자. 일어나면 연락해!"

늦잠을 자서 출근하는 길에 휴대폰을 확인했다. 지금쯤이면 부산에 도착은 했겠네?

"아니 그러게 술 조금만 먹고 비행기 예약한 거 맞춰서 잘 탔어야죠. 꼬시다, 바보." 메시지를 보내니 바로 답장이 왔다.

"그래도 이렇게 전화번호는 받았으니까 비행기 값보다 값진데?" 이 사람 되게 말을 잘한다. 하마터면 혹하고 또 넘어갈 뻔했네. "나 일해야 해요. 일 열심히 해요!" "틈나면 연락줘. 꼬박꼬박 답장 잘할게."

입가에 미소가 번졌다. '이 사람과 집이 가까웠다면 어땠을까.'라는 상상을 잠시나마 한 거 같다. 아~ 제주도 갔다 오니까 더 일하기 싫다.

오후 7시. 놀다 오니까 일이 더 손에 잡히지 않는 거 같았다.

온몸이 찌뿌둥한 채 집으로 돌아가는 길, 남자에게 메시지를 보냈다. "뭐해요?" 보내자마자 전화가 왔다. 직장에서 집까지 거리가 있어 1시간 정도 통화를 하며 기분 좋게 집에 들어왔다. 그 사람이 아주 편해졌나 보다. 전화하는 내내 웃음이 끊이지 않았다. 아니면 좋아하는 건가? 그 남자는 이번 주말에 시간 되냐고 물었다. 정말 직접 오려고 하는 건가? 나는 토요일에 이 사람과의 만남을 약속했다.

원피스를 입을까? 아니야, 너무 과해. 최대한 아무렇지 않은 척. 청바

지에 흰 티? 뭐 입지? 나는 아침부터 분주하다. 오늘은 그 사람과 만나기로 약속했던 토요일이기 때문이다. 일 마치고 전화하고, 자기 전에 전화하고 그러다 보니까 연애하는 기분이 많이 들었다. 왠지 이번 만남은 내가 더 예쁘게 보이고 싶었다. 음, 제주도에서 보여주지 못했던 것들을? 화장에 힘을 써보자. 남자는 차를 타고 부산에서 우리 집 앞까지 나를 데리러 왔다. 참, 이런 거에 감동할 줄은 몰랐는데…. 남자는 인천을 잘 모르기 때문에 내가 좋아하는 밥집으로 데려갔다. 내가 제일 좋아하는 건 닭발에 소주지! 남자는 닭발을 먹어보지 않았다고 얘기했지만, 군말 없이 가게로 향했다.

"닭발 나왔습니다." 드디어 닭발이 나왔다.
"닭발…. 이거 배는 채워지겠나?" "잔말 말고 먹어보기나 하셔!"
남자는 한 입 베어 먹더니 인상을 찌푸린 채 말했다. "별로 맛있는지 잘 모르겠는데." 내가 제일 좋아하는 맛집인데…. 기분 나빠서 말없이 먹기 시작했다.
한 개, 두 개, 세 개? 맛없다고 했던 인간이 끝없이 먹고 있다.
"아니, 맛없다며?" "먹어보니까 맛있네?" 말이 끝나자마자 서로가 배를 잡고 웃었다. 먹는 도중에 내 입술에 뭐가 묻었나 보다. 남자가 휴지를 챙겨주는 척 하더니 닦아주기까지 하더라. 많이 보지는 않았지만 '이 사람의 마음은 진심이구나.'라는 게 한 번 더 느껴졌다. 그렇게 봄

음밥까지 다 먹고 나와 아메리카노 두 잔을 들고 집으로 향했다.
차를 타고 집에 가는 도중 노래가 나왔는데 스웨덴세탁소의 '답답한
새벽'이었다. "이 노래 어떻게 알아요?" "나는 원래 유명하지 않은 좋은
노래만 듣거든. 좋지?" 나도 좋아한다고 말을 하진 않았지만 우리는
음악 취향까지 비슷한 거 같았다.

"언제 집에 갈 거예요? 내일?" "나 내일 일이 있어서 너 데려다주고 내
려가 봐야 해."

자고 일어나면 내일도 볼 수 있을 거 같았는데.

"그렇게 운전하면 안 힘들어요?" "힘내려고 여기까지 온 거잖아. 다음
에 부산에 한 번 놀러와. 구경 시켜줄게."

아무렇지도 않게 얘기하는 그 사람의 모습에 설렜다.

"오빠, 우리가 만약 만나게 되면 너무 장거리인데 안 힘들까요?"

"힘들다고 생각하면 힘든 거고, 괜찮다고 생각하면 괜찮지 않을까?"

생각이 없는 건지 아니면 정말 괜찮아서 하는 말인지.

"오빠가 한 번 왔으니까 쉬는 날에 부산 내려갈게요." "오, 정말? 내가
좋은 데 다 구경시켜줄게. 나만 믿어!"

'이번에 헤어지고 나면 또 언제 볼 수 있을까.'라는 아쉬움은 뒤로한
채 우리는 다음 약속을 얘기하며 오늘의 만남을 마무리했다.

우리는 인천에서 만난 이후 더욱 가까워졌다. 이 사람은 내가 물어보

지 않아도 어디에 갔으면 어디에 갔다고 사진을 보냈다. 나는 이전 연애를 하면서 이런 적이 없었기 때문에 어색했지만 메시지를 들여다볼 때마다 기분은 좋았다. 그러다 보니 나도 어느새 똑같이 하는 거 같았다. 원래 이런 스타일은 아니었는데. 거리가 멀기 때문에 항상 퇴근길에 전화했고, 잘 때쯤이면 영상통화를 했다.

(뚜루루루 전화 신호음) "뭐야, 팩하는 중이야?" "웃기게 하지 마! 주름 생겨." 눈에서 멀어지면 마음에서도 멀어진다는 말이 있다. 내가 봤을 때 그건, 사람 나름인 거 같다. 오빠를 자주 볼 수는 없었지만 나날이 마음은 더 커져갔다.

끼룩끼룩(실제로 부산에서는 갈매기 소리를 찾아볼 수 없습니다.)

날씨가 정말 좋다. 부산에 도착하니 바다 냄새가 나는 것만 같았다. 학창시절 친구들과 함께 해운대에 놀러 왔다가 남자들이랑 헌팅….

이건 생략하겠다. 나는 들뜬 마음으로 역을 나섰다.

"힘들었지? 짐 줘. 내가 들어줄게." 이 사람은 내가 도착하기 20분 전에 먼저 와서 기다리고 있었다. 차가 막혀 혹시나 늦을까 봐 일찍 출발했다고 한다. 항상 자기보다 나를 먼저 생각해주는 것만 같아 기분이 좋았다. 만나기 전 매일같이 전화하고 영상통화를 하다 보니 2주 만에 오빠를 보는 거였지만 전혀 어색하지 않았다.

"나 만나러 온 거 맞아? 되게 예쁘게 하고 왔네." "뭐라는 거야, 진짜 이상한 소리 하지 마." "아니야. 진짜 예뻐서 그런 건데?"

부끄러워서 그만하라고 했지만 사실 기분이 너무 좋았다. 데헷.

"오빠, 오늘은 우리 뭐해요?" "일단 부산에 왔으니까 바다 앞에 있는 카페에 가자."

이 사람은 나를 데리고 송정이라는 곳으로 갔다. 해수욕장이 있는 곳이었는데 제주도만큼 예뻤다. 부산 사람들은 좋겠다. 근처에 바다가 있어서.

그렇게 카페에 들러 빵과 커피를 여유롭게 즐겼다. 오빠와 나는 시간 가는지도 모르고 몇 시간을 떠들어댔고, 해가 질 때쯤 우리는 저녁을 먹으러 갔다. "오빠, 지금 우리 어디 간다고?" "태종대 조개구이집!" 벌써 기대가 된다.

항상 연애를 하면 "뭐 먹을까?"라는 얘기를 했었다. 전에 만났던 남자 친구들은 먹고 싶은 거로 먹으라며 대충 골라 끼니를 때우고는 했는데 이 사람은 나를 만나기 전부터 어디에 갈지 그리고 어떤 맛있는 집에 갈지 하나하나 다 생각한 것만 같아 더 예뻐 보였다.

나는 친구들에게 연애를 얘기해본 적이 없었지만 이번만큼은 오랫동안 함께해온 친구들이 있는 단톡방에 실시간으로 부산을 보여주었다. 기다리고 기다리던 조개구이가 나왔다. 바다가 보이는 조개구이집이었다.

분위기 탓인지 아니면 이 사람이 예뻐 보여서인지 저녁 먹는 이 자리가 너무나도 좋았다. 하나 더 자랑을 한다면 오빠는 정말 섬세하다. 수저를 챙겨준다든지, 물티슈를 챙겨준다든지, 앞치마를 챙겨준다든지, 사소한 거지만 나를 아껴주는 것만 같아 행복했다. 그렇게 시시콜콜 대화를 나누며 서로 소주 1병씩을 먹었을까?

이 사람은 나를 보며 혼자 계속 웃어댔다. "계속 왜 혼자 웃는 거야. 얘기를 해줘. 제주도 그 일 생각나서 그런 거야?"

이 사람은 제주도 얘기가 나오자마자 진지하게 할 말이 있었다며 말을 건넸다. "사실은 나 비행기 일부러 놓친 거야. 말하고 싶지는 않았는데 말하지 않으면 영영 모를 것만 같아서. 나 일부러 되게 태연한 척 연기했는데…. 그 정도면 눈치를 챌 수도 있었을 텐데. 눈치가 없는 건가?"

그 말을 들은 나는 깜짝 놀랐다. 정말 상상하지도 못했기 때문이다. 이 얘기를 들은 나는 술을 먹어서 그런 건지, 이 사람이 한 말에 감동을 하여서 그런 건지 말이 끝나자마자 나도 모르게 울컥했다.

오빠는 왜 이렇게까지 울컥하냐고 이해할 수 없다는 듯이 말을 했지만, 나는 이때까지 연애를 하면서 누군가가 나에게 예쁘다, 예쁘다 해준 적도 없었고, 이렇게 누군가에게 사랑을 받아본 적도 없었기 때문에 자존감이 많이 낮은 상태였다. 나는 내가 단 한 번도 예쁘다고 생각해본 적도 없고, 잘났다고 생각해본 적도 없다. 그런 나를, 이렇게 못났다고 생각했던 나를 예뻐해주고, 좋아해주기까지… 얘기를 하다 보니 눈물이 조금 나왔나 보다. 오빠는 한참을 들어주고 눈물을 닦아주더니 손을 잡아주더라. "상처받지 않도록 앞으로 내가 더 잘하겠습니다. 믿어주시겠습니까?" 오빠의 말투에 나는 웃음이 터졌다.

알면 알수록 더 좋은 사람인 거 같아 밀어냈던 내가 조금은 민망해졌다. 나는 그렇게 그 사람과 오늘 1일이 되었다.

(한 달 후) 우리는 자주 만날 수 없었지만 한 달에 세 번은 꼭 만나기로 약속을 했다. 오빠는 "무조건 시간 될 때마다 보면 되지."라고 얘기했지만, 나중에 힘들다고 지쳐서 떠나갈까 봐 내가 먼저 선을 그었다.

일교차가 큰 가을이 다가왔고 나는 심하게 감기에 걸리고 말았다.

"오늘 출근 안 했어? 연락이 없네?" "오빠 나 몸이 너무 안 좋아서…. 조금만 자고 연락할게." "어제 목소리도 안 좋아 보이던데, 병원을 가. 어? 일어나서 병원 가."

나는 메시지가 온 지도 모른 채 몸이 너무 안 좋아 집에 있던 감기약을 먹고 다시 잠이 들었다. 오후 1시쯤 됐을까? 결국 병원에 가기로 했다. "오빠, 나 병원 가려고 일어났어." 메시지를 보내자마자 오빠에게서 전화가 왔다.

"집 앞이야. 나와, 병원 가자." "어? 오빠는 일 어떻게 하고?"

"연차 내고 왔지! 그러니까 내가 저번에 아프지 말라고 말했잖아. 말 진짜 안 듣네. 빨리 나와. 병원 가자." 나 원래 이렇게 눈물이 많은 사람이었나. 집 밖에 나가서 이 사람을 보자마자 눈물이 나왔다. 미안해서인지, 고마워서인지….

병원에 가서 링거를 처방받았다. 3시간쯤 걸린다고 했는데 오빠는 부산으로 내려가지 않고 끝까지 내 옆을 지켰다. "오빠, 너무 늦으면 내려가기 힘드니까 먼저 가. 나 택시 타고 가면 돼." "얼씨구, 보자마자 안으면서 울어놓고? 까불지 말고 자라 할 때 자."

이상하게 손을 잡고 누워 있는 내내 아프지 않았다. 심지어 열도 많이 내린 듯했다.

잠에 푹 빠져 정확히는 알 수 없지만 이마에 맺힌 땀을 계속 닦아주는 이 사람을, 손을 계속 꼼지락꼼지락 만져주는 이 사람을, 머리를 계속 넘겨주는 이 사람을 내가 더 사랑하게 된 것만 같다. 끝이 오지 않을까 두렵기보다 끝이 오지 않도록 더 노력하고 싶어졌다.

그렇게 이 사람은 죽까지 먹이고, 내가 약 먹는 모습까지 보고서야 집으로 내려갔다.

"오빠 힘들지 않아?" "뭐라고? 차 블루투스 연결해서 잘 안 들려."

"오빠 힘들지 않냐고!" "뭐라고? 크크크(웃음소리)." "아, 왔다 갔다 하는 거 힘들지 않냐고!" 내가 너무 귀여웠나 보다. 오빠는 한참을 웃더니 "자주 못 보는 게 더 힘들어. 자주 아파라. 연차 쓰고 만나러 가게." "뭐야, 감동받게 진짜. 생각지도 못했는데. 너무 고마워." "아프지 마라, 진짜. 알겠어? 비도 오고 그래서 운전에 집중해야겠다. 먼저 자고 있어. 도착하면 연락해놓을게!" 정말 행복이 있다면, 세상에 정말 나의 짝이 있다면, 정말 아름다운 사랑이라는 것이 존재한다면 이런 것이지 않을까? 우연히 만난 사람이 어느새, 눈도 못 마주치던 사이가 어느새, 표현하지 못하던 우리가 어느새 이렇게 서로를 바라보고 있으니까.

(100일) 오늘은 좀 특별한 날이다. 벌써 우리가 만난 지 100일이 되었다. 나는 그 사람에게 지갑을 선물하기로 했다. 그것도 몰래. 기념일을 잘 챙기는 스타일은 아니었는데 이 사람에게는 뭐든 해주고 싶었다. 며칠 전부터 이 사람은 나의 친구들과 만날 수 있게 자리를 만들어달라고 했다. 자주 볼 수 없어서 어쩔 수 없이 100일이지만 친구들과 함께 저녁 식사를 하기로 했다.

"오빠, 몇 시까지 올 거야?" "점심 먹고, 음…. 일 끝내고 출발하면 저녁 7시쯤 되겠다. 친구들이랑 먹고 싶은 거 있으면 생각해줘."

아니 내가 먹고 싶은 걸 물어봐야지! 100일인데. 설마 100일인 걸 모르는 건 아니겠지? 반신반의하는 마음으로 준비를 했다. 저녁 7시, 동네 근처에서 친구들을 만나 파스타집으로 향했다.

"남자친구 소개는 처음 아니야?" "오~" 친구들은 얼마나 좋은 사람이길래 소개를 해주는 거냐며 남자친구를 궁금해했다.

"부산이면 자주 못 만나겠다.", "싸우지는 않아?", "보고 싶지는 않아?"

등등 많은 질문이 쏟아졌다. 단톡방에서 여러 번 얘기를 하긴 했지만, 이상하게 또 남자친구에 대해 자랑을 하게 됐다. 그렇게 10분쯤 흘렀을까? 남자친구가 도착했다.

"안녕하세요. 얘기 많이 들었습니다. 중학교 때부터 친구였다고, 반가워요." "안녕하세요, 안녕하세요." 나이 차이가 크게 나서 말을 놓고 대화를 할 줄 알았는데 그는 나이 어린 나의 친구들에게도 깍듯이 했다. "오는데 차가 조금 막혀서. 제가 일찍 왔어야 했는데 죄송해요." "아니에요, 괜찮아요. 저희도 방금 왔어요."

너무 반듯하게 얘기를 해서 그런지 친구들은 괜찮다고 말하기 바빴다. 평소 같았으면 욕하기 바빴을 텐데…. 그렇게 음식을 시켜 밥을 먹으면서 옛날 얘기를 하다 웃고, 제주도 사건을 얘기하며 시간을 보냈다.

"제주도에서 처음 본 날부터 반하신 거예요?" "아, 네! '무슨 저렇게 예쁜 사람이 혼자 다녀. 위험하게.'라고 생각했습니다." "악, 뭐야!" "악! ㅋㅋㅋ" 나도 웃기는 했지만 속이 니글거리는 건 기분 탓이겠지?

"사실은 얼굴이 막 예뻐서라기보다요. 참 사람이 선해 보이더라고요. 겪어보지는 않았지만 뭔가 따뜻한 그런 느낌?" 친구들은 이 사람의 얘기를 다 듣고 고개를 끄덕였다. "진짜 인연이라는 게 있나 봐요." "그러니까. 서로 닮은 거 같아." "진짜네?" 정말 친한 친구들이 말해주니까 '정말 우리가 인연인가?'라는 생각이 들었다.

100일 선물을 줄 수 있는 타이밍이 온 거 같다. "나 화장실 갔다 올게."
화장실에서 화장도 고치고 카운터에 미리 맡겨둔 선물을 들고 남자친
구에게 갔다.

"자, 오빠 100일 선물." "어, 뭐야! 오늘 100일이었어?" 진짜 몰랐나 보
다. 많이 당황한 얼굴인데? 선물 줬다 뺏을 수도 없고.

"오빠 진짜 몰랐어? 한 번씩 우리 사귄 지 며칠인지 물어봐서 아는 줄
알았는데." "미안, 다가오는 건 알고 있었는데 오늘인지 진짜 몰랐어.
미안." "아냐, 뭐 일부러 그런 것도 아니고. 이번 주 안 그래도 바빴잖
아. 그럴 수 있지."

서운하기는 했는데 참 뭐라고 하지는 못하겠더라. 잘해준 것도 많아서.

"아니, 오빠 진짜 몰랐어요?" "헐 너무해." "이거는 좀⋯."

친구들이 화가 났나 보다. "아⋯. 미안해요." 미안하다는 말과 함께 남
자친구는 고개를 숙였다.

"아니야, 나 괜찮아 진짜. 오빠 바빠서 그런 거야. 평소에 얼마나 잘하
는데!" "나 화장실 좀 갔다 올게." 오빠는 친구들의 시선을 의식해서
그런 건지 도망가듯 화장실을 갔다.

"야, 너네 왜 그래? 너희 100일이야? 내가 괜찮다는데 이렇게까지 해
야 해?" "100일인데 안 챙긴 건 너무하잖아." "아니, 다른 사람이면 뭐
라고 안 했지. 제일 소중한 친구니까 이런 말까지 하는 거야." "아니 어
떻게 100일을 까먹어? 그렇게 잘해준다고 해놓고선." "준비 안 해놓고

선물받고 좋아하는 거 봤어?"

너무 당황스러워서 이 상황을 어떻게 해야 할지 모르겠다. 친구들의 말에 뭐라고 할 수도 없었고, 서운하다고 그 사람에게도 뭐라고 할 수도 없었다.

"오빠도 사정이 있었을 거야." "됐어. 그냥 나오시면 인사하고 갈게. 다 만나고 연락해." 소중한 사람들끼리 마찰이 일어나니 답답했다. 꼬여도 뭐가 한참 꼬인 것만 같다.

(짜잔!) 오빠가 친구들 뒤로 목걸이를 들고 서 있다. 뭐지? 나의 친구들은 동시에 "몰래카메라!"라고 외친다. 안도의 눈물인지, 화나서 나오는 눈물인지 나도 모르게 눈물이 흘렀다.

"놀랐잖아. 내 100일인데 너희가 난리냐고." "운다, 운다. ㅋㅋㅋ"

"오빠는 왜 이런 거 가지고 몰래카메라 하냐고! 오빠랑 친구들이랑 멀어질까 봐 무서웠잖아." "미안해, 미안해. 너 화장실 간 사이에 100일 좀 도와달라고 그랬어. 미안해, 미안해." 울고 있는 나를 안아주는 오빠 팔 사이로 내 친구들이 보였는데 웃음이 터졌다.

"니들은 왜 울어. 도대체!" "네가 계속 우니까 슬프잖아."

그렇게 우리는 눈물바다가 됐다 웃음바다가 됐다. 이리저리 시간 가는지 모르고 떠들었다. "오늘 재밌었는지 모르겠는데 다음에 또 볼 수 있으면 봬요. 몰래카메라 감사합니다." "재미있었어요. 다음에 봐요!" "저녁 잘 먹었습니다. 감사해요."

식사를 마치고 잠시 따로 얘기할 시간이 있었는데 친구들은 오빠가 괜찮은 사람인 거 같다며 칭찬을 아끼지 않았다. 좋은 사람인 거 같다고 오래 만났으면 좋겠다고 했다.

사실 나는 이 자리를 많이 걱정했다. 자기보다 어린 사람들이 많은데 대화를 쉽게 잘 풀어나갈 수 있을까? 그리고 대화를 하다 기분이 나쁘면 어떻게 하지. 많은 걱정을 했는데 다 쓸데없는 걱정이었다.

이 사람은 나의 친구들에게 하나부터 열까지 다 맞춰줬다. 분명히 친구들도 나름 조심한다고 했지만 듣기 거북한 말도 있었고, 짓궂은 장난도 있었다. 하지만 이 사람은 단 한 번도 기분 나쁜 모습을 보여주지 않았다. 오히려 친구들을 더 편하게 해주려고 자기를 낮추면서까지 분위기를 맞춰주었다. 정말 감동이었다. 소화도 시킬 겸 우리는 집 근처 공원을 걷기로 했다.

"오빠, 친구들이랑 밥 같이 계산하면 되는데 왜 먼저 가서 계산했어." "목걸이 되게 잘 어울린다. 내가 잘 사 왔네. 보자 보자." "아니, 말 돌리지 말고. 왜 먼저 계산했냐고!" "흠…. 오늘 만난 친구들이 제일 소중한 친구들이라며. 점수 좀 따려고 그랬다 왜! 잘 보이고 싶어서." 경상도 남자라 어감은 딱딱하기만 한데 마음은 누구보다 따뜻하다는 걸 알 수 있었다.

"그래도 다음부터는 오빠가 다 사지 마. 내가 미안해지잖아." "알았어, 알았어. 다음부터는 말 들을게요. 근데 목걸이 예쁘지? 내가 잘 골랐지?" "응, 너무 예뻐. 오빠가 직접 보고 사준 거라서 더 예쁜 거 같아."
지금 이 순간 목걸이가 중요한 것이 아니었다. 빛나는 목걸이가 아니
었어도 어떤 선물이든지 나를 생각해서 직접 보고 골랐을 이 사람의
행동이 중요한 것이다. 참 오늘 예쁘고 사랑스럽다. 나는 이 사람에게
흠뻑 빠지게 되는 것만 같다.

200일, 300일, 그리고 1년이 지나면서 우리에게는 많은 변화가 있었
다. 그중 가장 큰 변화는 서로가 더 사랑하고 있다는 것이다.
오늘은 서울로 나가 데이트를 하기로 했다.
"오빠, 저기 걸려 있는 옷 입어볼래?"
이 사람은 내가 해보자고 하는 것들을 싫다고 하지 않고 다 받아준다.
"이거 완전 몸빼 바지 같다. 이상해. 할아버지도 아니고!" "아, 웃겨. 사
진 찍어야지. 바보." "저기 위에 걸려 있는 거 입어봐. 저 옷 소화하면
내가 사줄게." "참나~ 나는 다 잘 어울리지."
옷을 입고 나온 나를 보고 이 사람은 한참을 웃었다.
"아이스크림 먹고 싶다." "근처에 파는 데 없어? 찾으러 다녀볼까?"
"편의점에 있는 거 말고 소프트 아이스크림!" "알았어. 바보야."
나는 나이를 먹어도 이 사람 앞에서는 아이가 되고 싶다. 아이스크림
하나를 먹어도 행복하고, 아무것도 안하고 손을 잡고 걸어도 행복하
고, 모든 것이 행복했다. 남들은 사소하다고 하는 데이트도 우리에게

는 특별했다. 가볍게 밥을 먹는 것도, 밤 늦게 나와 심야 영화를 보는 것도, 일을 마치고 집에 데려다주는 일도 우리는 할 수 없었기 때문에 이런 사소한 것들조차 소중할 수밖에 없었다. 그리고 이런 사소한 데이트를 할 때마다 이때까지 했던 연애와 달리 '내가 더 사랑하고 있구나.'를 느끼기보다 '나를 정말 사랑해주는 사람도 있구나.'라는 걸 느꼈다.

그렇게 사계절을 보내고 새로운 겨울을 맞이했는데 평소 운동을 좋아하는 이 사람이 나에게 스키장에 가자고 얘기를 했다. 그 말을 듣고 나는 많은 생각에 잠겼다. '겁이 많은 내가 스노보드를 탈 수 있을까.'라는 생각과 '내가 못 타서 화내면 어떻게 하지.'라는 생각.
주변에서 그런 말도 들었다. 남자친구한테 운전 배우면 싸운다는.
"나 한 번도 안 가봤는데. 못 탈 수도 있어." "괜찮아. 내가 가르쳐줄게. 믿어!"
그렇게 1박 2일 무주스키장으로 향했다. 처음이라 잘 몰랐는데 이 사람은 커플 보드복도 준비했다. "인터넷에서 보니까 싸게 빌릴 수 있던데 왜 샀어 이걸?" "겨울이 올 때마다 같이 가려고 샀지. 하루 입고 버리는 거 아니야, 이거." 참 능글맞게 잘 빠져나가. 뭐라고 하지를 못하겠네.
장을 보고 리조트에 도착했다. 보드복으로 옷을 갈아입는 내내 긴장이 되었다. '잘할 수 있을 거야, 걱정하지 말자.' 그렇게 다짐을 했다. 그 사람의 손을 잡고 리프트를 탔는데 새하얀 모든 것들이 예뻤다. 앞으로 얼마나 큰 고난이 있을지도 모른 채 말이다.

"초급 슬로프니까 걱정하지 말고 우선 장비는 몸에 맞게 조절을 해줘야 해. 보드도 마찬가지." 이 사람이 헬멧부터 보드까지 하나씩 하나씩 다 장비 착용을 도와줬다. 왠지 나, 잘할 수 있을 거 같아!

"정면 바라보고 팔만 넓게 펴. 천천히 오빠가 보면서 내려갈 테니까 걱정하지 말고! 내려오면서 빠르다 싶으면 발뒤꿈치에 힘을 줘야 해. 알겠지?" "응! 멀어지지는 마." 막상 힘차게 아자! 하면서 출발했지만 보드가 내려가지 않았고 마음대로 되지 않아 짜증이 나려고 했다.

"나를 바라보고, 팔 벌리고, 뒤꿈치에 힘줘!" (꽈당) (꽈당) (꽈당)

엉덩이가 아플 줄 알았는데 이상하게 팔목이 더 아팠다.

"괜찮아? 자연스럽게 낙법을 해야 한다고 말했지! 팔 계속 짚으면 팔목 나가." "나 못 타겠어. 무서워서. 팔도 너무 아파." "하…. 일단 내려가자. 여기 있으면 위험해."

그렇게 그 사람의 손을 잡고 걸어서 내려왔다.

"스키장에선 어묵 국물이 최고야, 먹어봐." "화났지? 나 못 타서…. 미안해." "왜 화가 나? 처음이니까 못 탈 수도 있지." "아까 오빠가 '하….' 이랬잖아!" "그거는~ 마음처럼 안 되니까 답답해하는 거 같아서. 그거 보고 있는데 마음 아파서 그런 거지 화낸 거 아니야. 아직도 나를 너무 모르는데?" "그래도 어묵 국물 먹으니까 조금 풀린다. 너무 맛있는데? 여기 맛집이야?" "몸이 추워서 더 맛있게 느껴질 거야. 잠시만, 나 핫팩 더 가지고 올게."

아, 왠지 다시 더 해보자고 할 거 같은데. 겁나네. 역시는 역시.

"올라가자, 이제." "무서운데." "내가 잡아줄 테니까 걱정하지 말고 가자." 그렇게 손을 잡고 올라가는데 그 사람은 자신의 보드를 들고 가지 않았다.

"손 잡아줄 테니까 천천히 내려가자. 내가 말하는 대로 하나씩 하기만 하면 돼. "알겠지?" "응. 알겠어!" 그 사람은 나의 손을 잡고 천천히 슬로프를 내려갔다. 한 번, 두 번, 세 번, 네 번. 힘들다는 말 한 번 없이 끝까지 나의 손을 잡았다.

"나 손 놓는다. 놓는다?" "안 돼, 오빠. 하지 마. 안 돼! 안 돼!"

"된다, 된다! 팔! 팔! 그렇지, 그렇지! 잘하고 있어. 그렇지!"

3시간이 지나고 나서야 혼자 스스로 내려가는 방법을 터득했다. 하지만 너무 오랫동안 배운 나머지 그 사람과 함께 보드를 타지는 못했다.

숙소에 들어와서도 미안한 마음이 풀리지 않았다.

"오빠 나 가르쳐준다고 보드 못 탔네. 미안해. 그렇게 오고 싶어 했는데." "무슨 소리야. 잘 타야 내년에도 또 오지! 근데 하루라서 너무 아쉽다. 한 번만 더 타면 혼자서 완벽하게 할 수 있을 거 같은데 그치?"

나는 이 사람의 말 한마디 한마디에 감동을 받는다.

"팔목 아프지? 그럴 줄 알고 내가 파스도 준비했지! 샤워하고 와."

별거 아닌 거 같지만 오늘 하루가 나에게 너무나도 소중한 시간이 되었다. 샤워를 끝마치고 나오니 파스를 예쁘게 발라주는 것까지. 나 팔목 아플까 봐 끝까지 혼자서 저녁을 하겠다는 착한 마음까지. 이렇게 잘해주는 남자친구에게 고맙기도 했지만 미안한 마음도 많이 들었다. 어쩌면 그 사람이 해주는 것에 비해 나는 너무 못하고 있는 것은 아닌지 한 번 더 나를 돌아보게 되었다. 그리고 결혼 생각은 해본 적이 없었는데 하나부터 열까지 나에게 다 맞춰주는 이 사람과 평생 함께하고 싶다는 생각이 문득 들었다.

그렇게 우리는 알콩달콩 2년을 만났다. 싸운 적은 없었냐고?

참 특이하게도 싸우는 일이 거의 없는 거 같다. 계속 이전 연애와 비교를 해서 미안하지만 우선 이 사람은 다른 사람과 달리 이해의 폭이 넓었다. 말을 하다 서로 마찰이 일어나면 화를 내기보다 나의 말을 더 들어주었고, 말을 다 듣고 나면 내 기분을 공감해주었고, 무엇보다 더 중요한 것은 화가 난 내 마음을 받아주는 방법을 알고 있었다. 감정적으로 대화를 하기보다 어른스럽고 다독여주는 그런 스타일이었다.

서운한 점이 있다면 사랑한다는 말을 잘 해주지 않는다는 거?

"오빠, 오빠는 왜 사랑한다는 말을 하지 않아?" "음, 부끄러워서?" 내가 시킬 때마다 하긴 했지만 먼저 하지 않아서 마음에 서운함이 남아 있었다.

"내가 사랑한다고 먼저 얘기할 때는, 그때는 음…. 아니다." "아 뭔데 말하다 말아. 말해줘!" "싫어~!"

눈빛만 봐도 그 사람을 안다는 말도 있듯이 나에게 사랑한다는 말을 잘하지는 않지만, 이 사람의 눈에선 항상 나를 볼 때마다 꿀이 떨어지는 것 같았다.

우리는 한 번의 만남이 정말 소중하고 또 소중하다. 그래서 만날 때마다 절대 계획 없이 만나지를 않는다. 남자들은 계획 짜고 그러는 걸 별로 안 좋아하는 줄 알고 있었는데 이 사람은 자기가 먼저 어디에 가자고 나에게 얘기를 한다.

한 번도 멀리 나와 꽃을 구경해본 적도 없었고, 한 번도 우리나라 각 지역을 돌아다니면서 놀아본 적이 없었다. 그런 나에게 이 사람은 정말 선물 같은 사람이었다. 평일이면 어디에 갈지 서로 고민을 하고, 어디서 맛있는 걸 먹을지 상상하며 매번 만나는 날이 기다려지고, 설레고 또 행복했다.

이 사람이 매번 인천까지 올라오는 것이 미안해서 이번에는 내가 부산으로 내려왔다.

"오빠, 오늘은 우리 어디 가는 거야?" "김해 일루미아라는 빛 축제하는 곳!"

이 사람은 의외로 되게 감성적인 부분이 많다. 매번 꽃을 보여주지를 않나, 예쁜 것만 보여주지를 않나. 이유는 물어보지 않았지만, 마음이 예뻐서라고 해두자.

"우와! 정말 예쁘다." "그치! 내가 잘 골랐지!"

내가 좋아하면 이 사람은 더 기뻐하는 거 같다. 여기는 되게 넓어서 오랫동안 걷기 좋다. 눈도 행복하고, 손을 잡고 걷는 것도 행복하고, 사람이 좋아서 그런가. 다 좋았다.

"우리 조만간 캠핑이나 하러 갈까?" "무슨 캠핑?" "부산 기장에 카라반. 그 조그마한 거기 예쁘게 잘 되어 있다는데 같이 가자!" "알겠어. 그럼 볼에 뽀뽀 10번 해봐." "사람 있다!" "안 가." "알았다, 알았다. 할게, 할게!" 말을 참 잘 듣는다. 귀여워 죽겠다.

나는 이 사람이 생각하는 것보다 이 사람을 훨씬 더 사랑하고 있는지도 모르겠다.

3개월이 지났다. 요즘 나는 이 사람과 만나고 헤어지는 게 싫어진다. 계속 옆에 두고 싶지만 옆에 있어 달라고 말을 할 수는 없었다. 왜? 이 사람은 나와 결혼에 대한 얘기는 일체 하지 않았기 때문이다. 미래에 대해 대화하지 않으니까 '이 사람은 나와 연애만 하고 끝낼 건가?' 하는 생각이 문득 든다. 최근 한 2주 정도? 연락도 조금씩 느려지고, 전화도 줄어들고, 표현도 줄어들었다. 나는 따지고 싶었고, 화를 내고 싶었다. 하지만 할 수 없었다. 이 사람을 놓치게 될까 봐 무서웠다. 변해가는 모습을 보고 있으니 머리가 지끈지끈 아파졌다. 또 상처받으면 어쩌지. 이 사람이 헤어지자고 하면 어쩌지. 두렵고 무서웠다.

2015년 5월 2일 토요일, 우리는 3개월 전에 예약해둔 카라반 여행을 왔다.

이 사람은 아무렇지 않게 나에게 잘해준다. 장거리는 보일 때보다 보이지 않을 때 더 잘해야 한다고 해놓고선. 그런 사람이 미워지기 시작했다. 바다가 보이는 예쁜 카라반이면 뭐하냐고. 지금 이렇게 잘하면 뭐하냐고. 보이지 않을 때 못하면서.

"오늘 뭐 기분 안 좋은 일 있어? 말이 없네?" "….." "고기도 먹고, 샴페인도 먹고 해. 입맛이 없어? 어디 아파?" "그런 거 아니야. 그냥 조금 피곤해서 그래." "안 돼. 일찍 자면 안 돼! 우리 영화도 보기로 했잖아!"

이 상황에서 영화? 화가 머리 끝까지 치밀어 올랐다. 나는 젓가락을 탁자 위에 던지듯이 내려놓고 묻고 따지기로 했다.

"요즘 오빠 달라진 거 모르겠어? 나만 느끼는 거야? 왜 이렇게 아무렇지 않은데? 아니 왜 이렇게 아무렇지 않은 척하는 건데? 왜 나만 불편해하냐고 왜!" "어? 나 뭐 잘못한 거 있어? 왜 그래. 앉아봐. 앉아서 얘기하자."

일어난 나를 잡는 오빠를 보니 눈물이 앞을 가렸다.

"잘못한 거? 통화 기록하고 메시지 봐봐. 오빠가 어떻게 변했는지. 내가 왜 이러는 건지." "잠깐만. 오해가 있는 거 같은데 그런 거 아니야. 오빠가 다 설명할게. 앉아봐." "됐어, 손 놔."

나는 힘으로 손을 뿌리치려고 했지만, 오빠는 더욱 세게 잡았다.

"내가 함부로 손 놓지 말랬지."

"오빠가 미운 걸 어떻게 하라고! 변해 가는데 어떻게 하라고!"

나는 참을 수 없었다. 오빠는 나를 만나면서 단 한 번도 눈물을 흘리게 하지 않았지만, 오늘은 소리를 내며 펑펑 울었다. 마지막인가 보다 하고.

"눈물 닦아. 나 단 한 번도 이렇게 단호하게 얘기한 적 없어. 오해하고 있는 거니까 잠시만 앉아 있어봐."

나는 눈물이 멈추지 않았고 사실 오빠의 말도 잘 들리지 않았다. 그렇게 10분쯤 지났을까. 오빠는 어디 갔는지 보이지도 않았다.

"주영아, 안녕? 하하. 내가 이렇게 영상 메시지를 처음 해봐. 많이 부끄러운데 용기를 내보려고 해. 우선 제주도에서 주영이를 처음 봤을 때, 아무도 모르는 그곳에서 너만 보였어. 어찌나 웃는 모습이 예쁘던지 옆에 앉아 힐끔힐끔 쳐다보는 내 모습이 아직까지 떠오르고는 해.

조금이라도 더 보고 싶어서 아침부터 네가 나오길 기다렸고, 마치 우연인 것처럼 연기하기까지. 나 정말 많이 노력했다? 몰랐지? 비행기 표도 찢어버렸어. 하루 더 보려고. 근데 나보고 바보라고 해서 진짜 '주영이는 바보구나.'라고 생각했어(웃음). 명함을 주고 제주도에서 돌아오던 날, 연락이 안 오면 어떻게 할까 얼마나 걱정 많이 했는데. 고마워, 연락해줘서. 이렇게 나 만나줘서 고마워. 어! 주영이 연락 왔네. 나 영상 편집 처음이어서 답장도 아주 느리고 전화도 많이 못해서 화났을 텐데. 영상 보고 화 다 풀어요. 알겠지? 2년을 함께하면서 우리 정말 별의별 일 다 있었지. 지금 나가는 사진 봐봐. 스키장에서 넘어져서 울고 있는 거 봐봐. 바보! 꽃 찍고 있는데 자기 찍는 줄 알고 포즈 취하는 것 봐봐. 웃겨.

나는 진짜 아직도 함께한 사진을 보면서 웃고 힘내고 그래.

주영아, 나는 여태 살아오면서 '왜 살아가지?'라는 의문을 항상 품었었거든? 근데 너와 내가 추억을 하나하나 쌓아가면서, 그리고 행복을 쌓아가면서 느낀 게 있어. 내가 살아가는 이유는 주영이었으면 하는 거. 사랑한다고 표현 많이 못 해줘서 서운했지. 앞으로 매일같이 사랑한다고 말해줄 테니까 나와 결혼해줄래? 내가 경제적으로 부유하게 해줄 수 있을지는 모르겠지만 사랑만큼은 재벌보다 더 많이 해줄 수 있을 거 같아서.

주영아, 내 마음 받아줄래?"

스크린이 올라갔고, 뒤를 돌아보니 오빠는 반지를 들고 내 눈앞에 서 있었다. 안도의 눈물일까 행복의 눈물일까. 나는 하염없이 울었다. 그 사람은 아무 말 없이 나를 꼭 끌어안았다.

"오빠 미안해. 진짜 몰랐어. 화내서 미안해." "아니야, 내가 잘못했어. 이렇게까지 서운해할지 몰랐어. 영상 편집 배우고, 하고 그런다고…. 미안해, 내가 잘못했어."

이런 상황에서도 오빠는 끝까지 자기가 잘못했다고 미안하다는 말만 했다. 조금 진정이 됐을까 나도 모르게 웃음이 나온다.

"오빠 이거 프러포즈야?" "웅. 아…. 나는 정말 기대 많이 했는데 실패한 거 같아." "무슨 소리야? 나 진짜 감동받았어. 오빠 죽을 때까지 내 옆에 있어줘. 사랑해." "그만 울어, 바보야. 앞으로도 내가 더 사랑할 래."

5분을 뚫어지게 바라보다 뼈가 으스러질 만큼 뜨겁게 서로를 안았다. 정말 사랑을 시작하기가 누구보다 두려웠다. 상처를 받기 싫었다. 자존감을 더 떨구기 싫었다. 찾아오는 사람과 스쳐가는 사람에게 상처를 주기 일쑤였지만 내 마음을 쉽게 표현할 수 없었다. 상처로 인한 아픔은 말로 할 수 없을 만큼 아팠으니까.

그런데도 끝까지 포기하지 않고 내 마음을 두드려주는 사람이 있더라. 아픔을 또 겪는다고 해도 허락할 수 있는 사람이 찾아오더라.

사람을 만나다 보면 어떤 사람이 좋은 사람이고 어떤 사람이 안 좋은 사람이라고 구분 지을 수는 없지만 나와 맞는 사람이 있더라.

나이, 거리, 학력, 스펙 아무것도 중요하지 않더라.

단 한 가지를 본다면 나는 이 사람과 사랑을 하면서 행복한가 행복하지 않은가에만 중점을 두었다. 이 사람과 함께하면서 거리가 멀어도 불안에 떨어본 적이 없었다.

가끔 주변 사람들이 말한다. 장거리라서 힘들지 않냐고. 멀어서 마음이 식지는 않느냐고. 보고 싶을 때 보지 못하고, 아플 때 옆에 있어 주지 못해서 서운하기도 하고 미안하기도 하지만 사랑이라는 것을 덮을 수 있을 만큼 크지는 않았다. 사랑이라는 것은 감히 우리가 그 크기를 가늠할 수 없는 것이기 때문인 것 같다.

누군가가 다시 '정말 사랑이 있을까요?'라는 질문을 한다면 나는 사랑을 행복이라는 기준점에서 본다면 찾을 수 있다고 말해주고 싶다.

연인 사이에서 꼭 필요한 것들. 성코승

· 나는 되고 너는 안돼라는 마음가짐은 버릴 것.

· 쉬는 날이면 맛있는 음식점이나 예쁜 카페로 나들이 갈 것.

· 바쁜 와중에도 어딜 나서거나, 누구를 만날 때 꼬박 연락해주는 것.

· 서운한 일이 있다면 참지 말고 대화로 풀어 나갈 것.

· 틈틈이 시간이 날 때 목소리가 듣고 싶었다며 전화를 해줄 것.

· 쑥스럽더라도 보고 싶다며, 사랑한다며 표현을 해줄 것.

행복이라는 것이
그런 거구나

생각이 많을 때면 바다를 보러 가고는 해요.

무엇을 하지 않으면 시간을 소비하는 것만 같거든요.

멍하니 바다를 바라보다 쌀쌀해져 자주 가던 카페에 앉아 따듯한 커피를 한 잔 마셨어요. 하루에 커피를 2~3잔씩 먹는 거 같은데 먹을 때마다 마음이 차분해지거나 기분이 좋아졌어요. 쓴 커피가 왜 맛있는지는 모르겠지만 쓴 커피가 좋더라고요.

며칠 뒤 제주도로 여행을 가기로 했어요. 남들은 팔자도 좋다고 얘기하지만 내가 하고 싶은 것을 하며 사는 것뿐이거든요. 짐을 조금 덜어요, 우리. 행복은 그렇게 멀리 있지 않아요. 다만 우리가 찾으려고 하지 않을 뿐이지.

걱정을 하는 것은 남들보다

경우의 수를 많이 생각하기 때문이다.

하지만 그렇게 수많은 경우를 생각한다고 해서

걱정이 사라지는 것은 아니다.

걱정에는 결국 부딪쳐보거나 포기하는 방법밖에 없다.

이유 없는
　　　관계에 대해

사람 사이의 거리는 가늠할 수 없다.
누구보다 소중하다고 생각한 사람과 사소한 이유로 틀어지기도 하고
가깝게 지내지 않았던 사람들과 걱정과 행복을 나누기도 한다.
좋은 사람에 기준은 없지만 기준 없이 사람을 대하는 것이
사람을 걸러낼 수 있는 유일한 방법이 아닐까 싶다.
어떠한 상황 때문에 손을 뿌리치는 사람도 있는 반면
어떠한 상황이라도 손을 내밀면 잡아주는 사람이 있기 때문이다.
유치하게도 이유가 있든 없든
나를 떠나지 않고 믿어주는 사람과의 관계가
가장 행복한 관계가 아닐까 싶다.

행복할 거라는 믿음

항상 행복은 짧게 머물다 떠나간다고 생각하는 경우가 많다.
'행복한 나날이 언제까지 갈 수 있을까.'라는 기대감과 불안감 사이에
오묘한 바람이 불어오기 때문이다. 반대로 힘든 일이나 아픔이 찾아
오면 꽤 오래 머물러 있다고 느낀다. 감정이라는 것이 우습게도 한 번
나약해지면 끝없이 나락으로 떨어진다.

산에 올라갈 때, 가파른 오르막길을 몇 시간을 걸어 정상에 도착했을
때 우리는 그 아름다운 광경을 고작 1시간 이상도 바라보지 않고 내려
온다. 하지만 다음에도 똑같이 산에 올라가는 이유가 뭘까?

그것이 바로 자신이 느끼는 행복의 가치인 것이다. 비록 힘들지라도,
비록 내가 죽고 싶을 만큼 아플지라도 끝은 행복할 거라는 믿음. 그
믿음이 정말 중요하다.

걱정으로 괴로워하지 않았으면 좋겠다. 믿음을 버리지 않는다면 당
신이 힘들고 아팠던 만큼 행복이 가득할 것이다.

덜컥

나란히 걷는 일을 이제 하지 않을 거라며 마음의 문을 깊게 닫을 때가
있다.
하루가 멀다 하고 누군가에게 혼자 있는 것이 좋다고 얘기를 해도
하루도 빠짐없이 자신만을 사랑하겠노라 다짐을 해도
특별한 날에는 누군가와 함께 걷고 싶을 때가 있다.
사랑이라는 것이 우습게도
한 번도 열어주지 않은 문을 겁도 없이 덜컥 열어주기도 한다.

사람들에게 잘해주는 것도 좋지만

나를 희생하면서까지 잘해주는 것은

바람직한 것이 아니다.

사람을 잡을 수
있는 용기

우리는 수많은 사람들과 부대끼며 살아가기 때문에 누군가와의 마찰
은 쉽게 일어난다. 정말 소중한 사람과 다투고 돌이킬 수 없을 만큼
거리를 두게 되었을 때, 다시 관계를 회복하고 싶다는 생각이 드는 사
람과 다시 관계를 회복하지 않아도 괜찮은 사람이 있다면 과연 두 사
람 중 어떤 사람이 더 많이 생각을 할까.
정답은 물론 관계를 회복해야 하는 사람이다.

관계를 회복하고 싶은 사람인 경우 시작은 어떻게 해야 하고 대화는
어떻게 주고받아야 하며 풀리지 않거나 풀릴 경우, 어떻게 행동해야
하는지까지. 처음부터 마지막까지 고민에 잠겨 마음을 컨트롤하지
못하여 스스로 망가지는 경우도 종종 일어난다.

이어나가고 싶은 관계가 있다면 두려워하지 말고 먼저 다가서서 사람을 잡는 것이 좋다. 원래의 관계가 되지 못하더라도 멀어진 사람에게 손을 내미는 것이 바람직하다. 사람 사이에 오갈 수 있는 상처는 무수히 많지만 그것 또한 받아들이는 용기가 필요하다.

결혼 part.2

결혼 5주년.
일에 지쳐 집에 들어오자마자 옷을 벗지도 않고 침대에 누웠어요.
씻고 나오는 와이프가 대자로 누워 있는 나를 보고는 뜬금없이
"당신은 언제 내가 제일 좋았어?"라고 묻더라고요.
그래서 저는 곰곰이 생각을 하다
"내가 힘들 때 옆에 있어줄 때?"라고 얘기했어요.
제 대답을 들은 와이프가 웃으며 그러네요.
"너는 나 없으면 안 될 거 같아서."라고.
그 말과 함께 침대에 마주보고 누워 "오늘도 고생했지? 수고했어."
라고 말해주는 아내를 보니 사랑이라는 것이 그렇더라고요.
좋은 사람을 찾아 만나는 것이 아니라 그 사람에게 좋은 사람이
되어주고 싶은 그런 거요.
"어, 오빠! 이거 뭐야?" "그거 가지고 싶어 했잖아, 예쁘게 하고 다녀."

인연에 대해

내게 다가온 사람을 쉽게 믿지 않으며 사랑이란 말로 마음을 흔들어도 지켜볼 수 있는 사람이 되는 것. 바닥인 자존감을 드러내지 않으며 오가지 않는 감정을 깊게 생각하지 않을 것. 먼저 다가섰는데도 거리감이 느껴진다고 나를 탓하지 않으며 만남을 거듭할수록 멀어지는 사람과 반대로 걸을 것. 선이 그어진 사람에게 미련을 두지 않으며 아픔이 주어져도 새로운 만남을 포기하지 않을 것. 찰나를 두려워하지 않으며 사랑받기 위해 욕심을 부리지 않을 것. 좋은 사람을 찾기보다 좋은 사람이 되어주고 싶은 사람과 함께할 것.

인연은 서두를수록 보이지 않는다는 것을 잊지 않을 것.

목적지의 의미

밤새 일자리로 고민을 하는 사람도 있을 것이고,
남들보다 뒤처져서 불안해하는 사람도 있을 것이고,
가슴속에 사직서를 항상 품고 다니는 사람도 있을 것이고,
꿈과 현실 사이에서 우왕좌왕 하는 사람도 있을 것이다.

우리에게는 정해진 삶이 없다. 막다른 길에 들어섰다고 한들, 남들보다 늦게 목적지에 도착한다고 한들 세상에는 너무 예쁜 것들이 많고, 할 수 있는 것들이 너무나도 많다.
걱정거리가 한없이 머릿속을 휘젓는다면 목적지를 가까이 두지 말고 멀리 두어라. 지나간 과거를 후회하지 말고 보이지 않는 미래를 두려워하지 마라. 목적지가 있다면, 인생에 끝이 있다면 그것은 오롯이 자신의 행복이어야 한다.

초라하지 않도록

오늘도 힘이 들었나요?
아무도 알지 못하는 비밀 때문에 많이 속상했나요?
남들보다 뒤처지는 거 같아 고개를 숙이고 걸었나요?
누군가가 떠나가서 많이 아팠나요?
죽도록 달려왔는데 얻은 것이 없어서 슬픈가요?

별것 없는 하루에 나를 놓지 말아요.
자신이 대단하지 못해도, 비록 빛이 나지 못해도
내가 초라하지 않도록 감싸 안아주세요.
나는 누구보다 소중한 사람입니다.

조금만 단조롭게

여느 때와 다름없이 마음이 괜찮다가도
혼자 있을 때면 가슴이 요동칠 때가 있다.
외로움으로 덮인 것인지 누군가가 그리워서 그런 것인지
알 수 없는 마음을 들여다보고 생각을 하기도 하지만
답이 없는 문제를 풀지 못한다.
좋은 사람들과 일상을 보내고 싶은 것.
좋은 사람과 계절을 걷는 것.
앞으로도 정확히 둘 수 있는 사람이 곁에 올지는 모르겠지만
아무도 다가오지 않는다고 해서 크게 달라지는 것 또한 없다.
조금만 몸과 마음을 단조롭게 두기를.

뚜렷하지 못한 나를
미워하지 않는다

무엇 하나 뚜렷하게 선택을 하지 못한다.
생각할 시간이 필요한 만큼 마음의 여유도 없어진다.
이미 정해진 답을 허락하지 못한다.
갈팡질팡하는 것을 답답해하고 싫어하는 사람도 많지만
생각이 많은 나를 미워하지는 않으려고 한다.
나는 싫은 것과 좋은 것을 구분하지 못하는 것이 아니라
그저 싫은 것을 거절하지 못할 뿐이다.
모든 비극이 선택을 하지 못하는 것에 있다고 해도
나는 그런 나를 미워하지는 않으려고 한다.
솔직해야 되는 순간에도 입을 다무는 것은
다른 사람에게 미안한 마음을 주기 싫어서일 뿐이다.
뚜렷하지 못한 나를 나는 미워하지 않는다.

나는 나를
사랑하련다

열정을 가지고 삶을 살아가도 뜻대로 풀리지 않더라.
무기력한 마음을 오래 가지고 있다 보니 나태해지기도 하더라.
하루가 멀다 하고 나와 타인의 속도를 비교하고 있더라.
지나간 일을 후회하고 미래를 두려워하고 있더라.
걱정과 고민이 많아도 내려놓지를 못하고 있더라.

예측 없는 삶의 답은 어디에도 없다.
미워하는 삶을 꾸준히 이어오면 엉망진창이 되어 있을 거고
행복한 삶을 꾸준히 꿈꾼다면 사소해도 달콤한 인생이 되어 있을
것이다.
해내지 못해도, 지쳐서 주저앉아도, 항상 시선이 아래를 향해도
나는 나를 앞으로도 사랑하련다.

가까이 있어도 스치지 못하는 사람들도 있고
멀리 있어도 우연찮게 마주치는 사람들이 있다.
인연이라는 것은 마치 정해 놓은 것 처럼
시간과 장소 상관없이 찾아오기도 한다.

감정을 배우다
성호승

주어진 것에 만족하며
살아갈 것

엄마가 늦게 들어오신다는 연락을 받고 아빠와 둘이서 저녁을 먹었다. 아빠와 평소 친구처럼 지내는 나는 저녁 메뉴를 골라 순두부찌개를 해먹었다. 저녁을 먹으며 이런저런 얘기를 하다 한 친구가 번화가에 곱창집을 열어 대박이 터졌다는 얘기를 아빠에게 했다.

"걔는 정말 행복하겠지? 나는 언제쯤 행복해지려나…" 내 말을 듣던 아빠는 피식 웃으셨다.

"아들도 가게 한 번 해봐?" "가게를 해본 적도 없으면서 무슨. 일을 해보고 그런 말을 해야지 사업은 아무나 하나?"

영양가 없는 말을 당당하게 하니 아빠가 많이 답답하셨나 보다.

"큰아들, 아빠가 살아오면서 언제 제일 행복했는지 알아?" "언젠데?"

"사업이 잘돼서 돈을 잘 벌었을 때? 아니. 남들에게 인정받고 잘난 놈이 됐을 때? 아니. 진짜 행복은 있잖아. 어떠한 상황에서도 자신에게 주어진 것에 만족할 때 다가와. 아빠는 큰아들 아기였을 때 한 달에

30만 원을 벌어도 행복했다. 하루가 힘들어도 아빠는 집에만 들어가면 힘든 게 싹 가시더라."

아빠의 말을 듣고 울컥했다. 사실 성인이 되면서, 직장을 다니면서, 이렇게 글을 쓰면서도 만족을 하며 살아본 적이 없기 때문이다.

사실 근본적인 행복은 돈이 아니다. 우리가 돈에서 행복을 찾으려고 하는 것뿐이다. 주어진 것에 만족하며 살아가자. 힘든 일을 끝마치고 나면 돌아갈 집이 있다는 것, 저녁을 함께 먹을 수 있는 가족이 있다는 것, 걱정과 행복을 공유할 수 있는 친구가 있다는 것. 행복은 그런 것이다.

나는 나를
위로해

남들에게 위로를 받고자 나의 상황을 하나씩 다 말을 해주고 싶지는
않았습니다.

답답하다고 하는 사람들도 있지만 이상하게 나는 위로를 해주는 방법
은 알겠는데 위로를 받는 방법은 도저히 모르겠더라고요.

그래서 힘들 때마다, 지칠 때마다 혼자서 차를 끌고 어디론가 떠나고
는 합니다. 북적거리는 시내가 아니라 조용한 곳을 둘러 다니는 것이
좋더라고요.

아무도 없는 거리에서 잔잔한 클래식 음악을 들으며 혼자 흥얼거리면
기분이 좋아집니다. 해수욕장에서 버스킹 구경하는 것도 좋고요. 24
시간 하는 카페에 새벽에 들어가 따뜻한 캐모마일 차를 마시는 것도
좋습니다. 누군가와 힘든 것들을 공유해서 아픔을 치유하는 것도 좋
은 방법이기는 하지만 요동치는 마음을 진정시킬 수 있는 것은 결국
나의 힘이더라고요.

좋아하는 것들로 채우세요. 싹 가시지 않는 상처에 머물러 있지 마세요. 내가 나를 위로해주는 것만큼 따뜻한 것도 없습니다.

오늘도 살아요,
우리

반복적인 일상을 살아도, 삶이 아주 쓰라려도
오늘을 살아요, 우리.
크지는 않아도 하루는 되게 가치가 있습니다.
내려놓지 못하는 것들 때문에 나를 망치지 마세요.
사소한 것들을 더욱 눈여겨보세요.
완벽한 삶을 누리려면 완벽한 내가 되는 것이 아니라
부족해도 오늘을 뜻깊게 보내야 하는 것입니다.
보이지 않는 미래는 가치가 있는 오늘에서부터 시작되는 것입니다.
오늘도 살아요, 우리.

여행은 아름다운 것들
투성입니다

우리는 오랫동안 긴 여행을 하고 있습니다. 걷고 또 걷다 보니 짐들이 많이 생기더군요. 아무것도 모른 채 일단 부딪쳐 보는 게 일상입니다. 겁 없이 세상에 도전하다 큰코를 다치기도 했고요. 상처가 생긴 자리에 또 다른 상처가 생길까 두려워하기도 했습니다. 그러다 막다른 길로 들어서기도 했고, 눈부실 만큼 예쁜 동네를 보기도 했습니다. 그렇게 오랫동안 여행이라는 것을 다녀보니 삶이 그렇더라고요.

급하면 급할수록 보이는 것들이 작아지고, 편안하고 여유로우면 보이는 것들이 많아지는.

세상을 천천히 둘러보세요. 대단하지 않아도 아름다운 것들 투성입니다.

말은 곧 보이지
않는 칼이다

SNS 피드에 글을 업데이트하고 나면 독자들이 읽어보고 댓글을 적어
주시고는 하는데 가끔 댓글을 보다 보면 도를 지나치는 사람이 있다.
"이런 걸 글이라고.", "이상한 사람이네", "무슨 뜻인지는 알고 쓰는 걸
까?"

보이지 않는 곳에서도 마음에 상처를 주고는 한다. 모든 사람이 내가
적은 글에 공감할 수 있다고 생각하지 않는다.

사랑이라는 단어를 하나 적어서 글을 업데이트해도 사람들이 생각하
는 사랑은 각자 다르기 때문이다. 하지만 분명 나와 같은 아픔을 느낀
사람도 있을 것이고, 나와 같은 행복을 느낀 사람도 있을 것이다.

다름을 인정하지 못하고 자신의 기준점에서 벗어났다는 이유로 보이
지 않는 칼을 내밀지 않았으면 좋겠다. 말의 힘이라는 것이 그렇다.

보이지 않는 곳에 깊숙이 상처를 주기도 않고, 보이지 않는 곳을 따뜻
하게 만들어주기도 한다.

추억은 값진 아름다움이라 사라지지 않는다.

사랑은 어렵다

1년째 연애 중 나의 남자친구는 바쁘다. 회사 일로 인한 스트레스가 이만저만이 아닌가 보다.

개봉 전에 보기로 했던 영화도 미뤘고 어디로 놀러가기로 했던 약속도 다 미뤘다. "상황이 조금만 더 좋아지면 놀러 가자, 여유가 되면 꼭 추억을 쌓으러 가자." 서운해도 섭섭해도 내색을 하지 않고 기다렸다. 주말이 되면 주변 사람들은 이른 아침부터 사랑하는 사람을 만나 시내를 걷고, 밥을 먹고 영화도 보고 예쁜 카페에도 갔다. 제일 부러웠던 건 차를 타고 꽃구경을 하러 가는 연인들이었다.

'상황이 좋아지면 나도 저럴 수 있겠지?' 나는 믿었다. 지금은 사랑하는 남자친구가 바빠서 그런 거라고. 그렇게 몇 개월이 지났을까. 우리의 만남은 변화가 없었다. 매번 밤늦게 만나 늦은 저녁을 먹었고 그 이후 30분~1시간을 카페에 앉아 있다 헤어졌다. 나를 만나는 시간에는 바쁘다는 이유로 휴대폰을 손에서 놓지 않았다. 그 흔한 시내를 걸어보지도 못했고, 손잡고 바닷가에 한 번 가지 못했다. 나는 참다못해 술의 힘을 빌려 서운함을 드러냈다.

"오빠 힘들고 바쁜 거 같아서 내가 이해를 하려고 노력하는데, 솔직히 말해서 너무 힘들어." "술 먹었어?" "응, 술 먹었어. 바쁘다는 이유로 표현도 잘 안 해주고, 잘 만나지도 않고, 나를 보고 싶어 하지도 않잖아." "여유가 되면 놀러 가자고 했잖아. 그걸 이해 못 해줘? 왜 너는 항상 네 입장만 생각해? 내 입장은 생각 안 해? 진짜 이기적이네. 내가 놀고 있는 거 아니잖아!" "내가 이기적인 사람이야? 나는 내가 하고 싶은 말도 못해?" "진짜 별것도 아닌 거 가지고, 하… 술 깨고 연락해 어리광부리지 말고."

전화를 끊고 집으로 돌아가는 길, 나는 목이 메일만큼 울었다. 사랑하는 사람이 바쁘다는 이유로, 힘들다는 이유로 매번 이해하고 또 이해하려고 노력했는데. 단 한 번 서운함을 얘기한 것으로 그 사람에게는 나는 이기적인 사람 되었다.

입장을 생각해본다는 것은 그렇다
보이는 것만 보지 않고, 보이지 않는 것들까지 들여다보는 것이다.
술을 먹고 여자친구가 나에게 서운함을 얘기했을 때 어리광만 부린다고 생각하지 않고,

먼저 초점을 내가 아닌 상대방에게 맞춰야 했다. 왜 술을 먹고 나한테 이런 말을 했을까 라고. 눈에 보이는 것들만 보려고 하니 보이지 않는 것들을 생각하지 못하는 것이다.

누구는 조그마한 다툼에 머리가 아프고
누구는 조그마한 다툼에 마음이 아프다.
누구는 보이지 않는 곳에서 끙끙거리는데
누구는 보이는 것만 보고 판단을 해버린다.
참 사랑이라는 것이 이렇게나 어렵다.

행복을 위해
　　　걸어갈 것

마냥 행복한 삶이 좋은 삶이라고 말할 수 없다.
불행한 길을 걷는 것 또한 나의 삶의 일부다.
아무 일 없이 행복만 한다면 아무것도 깨우치지 못할 것이다.

일에 지쳐 방황을 하는 것도
일이 잘 풀리지 않아 고개를 숙이는 일도
삶의 정체성을 잃어 좌절을 하는 것도
사람을 잃어보는 것도, 사랑에 아파해보는 것도
행복이 어떤 것인지 깨닫기 위해 겪는 것들이 아닐까 싶다.

무엇을 얻기 위해 노력을 하는 것
지치고 힘들어도 이겨내는 방법을 찾는 것
좋아하는 것과 행복한 것들을 찾아가는 것

곁에 머물러 있는 사람들의 소중함을 아는 것
아낌없이 주는 마음과 미련 없이 떠나는 자세를 배우는 것
생이 끝나기 전까지 누군가와 함께하고 싶은 것.

아픔을 느껴보지 못한다면 행복 또한 알 수 없다.
힘들고 지친 거리를 걸어가는 것만큼
앞으로는 아름다운 것들이 많이 보일 것이다.

사랑하는 부모님에게

책의 마지막 부분을 내가 세상에서 제일 사랑하는 부모님을 위해 쓰고 싶다.

1991년도 8월 9일생인 나는 웃는 모습이 예쁜 엄마와 이목구비가 뚜렷한 아빠 사이에서 태어났다. 그래서 난 이목구비가 뚜렷하고 웃는 게 예쁘다. 내가 그렇게 생각한다. 가끔 가족들과 앉아 대화를 하다 보면 기억나지도 않는 어렸을 때의 일을 듣고는 하는데, 그때 그 시절에는 알 수 없었던 미묘한 감정들이 지금은 비로소 느껴지기 시작한다.

어렸을 때, 사실 부유하지 않은 삶이 미웠다. 남들은 다 가지고 있는 것들을 나는 가지지 못했다. 그럴 때마다 부모님을 탓했다. '우리가 가난해서 그런 거야.' 부모님에게는 티를 내지 않았지만 적어도 이 말이 상처라는 것쯤은 알고 있었나 보다.

우리 아빠는 돈을 쓰실 줄 모른다. 비싼 것을 사줘도 쓰시지 않고 고이 모셔둔다.

가끔 친구들과 새벽까지 놀다 출근시간에 맞춰 들어오고는 하는데 평소 입고 다니시는 옷 모두가 내가 입지 않는 옷들이었다. 일을 마치고 집에 들어와 잠깐 외출하시는 우리 아빠. 내가 입지 않는 옷들을 꺼내 입고는 하셨다.

가끔 아빠의 말씀에 상처받을 때가 있었다. "이 비싸고 좋은 옷을 안 입는다고? 아빠 입어도 돼?" "아니, 아빠 뭐 필요한데. 내가 사줄게." "멀쩡한 거 있는데 뭐하러 사. 버리면 아깝잖아."

나는 매번 새로운 것을 갖지 못해서 아빠를 미워하고는 했는데 아빠는 매번 헌 것만 가지셨다.

우리 엄마는 눈물이 참 많은 사람이다. 웃긴 얘기를 하나 하자면 내가 군대를 가기 3일 전부터 나만 보면 울었다. 특히 내가 훈련소에 들어갔을 때는 보이지도 않는 나를 찾으면서 애타게 울었다고 한다. 영화 〈킹콩〉을 보고도 우는 사람이다. 우리 엄마는 눈물이 이렇게 많지만 웃음도 참 많은 사람이다. 웃는 모습이 참 예뻐서 엄마가 웃으면 나도 모르게 웃음이 난다. 딸이 없어 항상 딸 같은 아들이 되려고 하지만 마음처럼 잘 되지는 않는다. 나는 학창시절부터 만만한 게 엄마였나 보다. 틈만 나면 엄마한테 화를 냈다. 되지 않는 일을 어떻게 풀어야 하는지 모르니 엄마만 보면 따지고, 싸우고 그랬다.

고등학교 1학년 때 나 때문에 엄마가 2시간을 방에서 우신 적이 있다.

엄마한테 해서는 안 될 말을 해버린 것이다. 그날 나는 엄마한테 미안하다고 빌었다. 하지만 12년이 지났는데도 기억 속에서 그날이 사라지지 않는다. 아직도 후회를 하고 있다. 엄마한테 말을 하지는 않았지만 영원히 지워지지 않을 거 같다. 나는 다짐했다. 두 번 다시는 엄마를 울리지 않겠다고. 웃는 모습이 예쁜 엄마를 항상 웃게 만들어주겠다고.

대부분의 부모님들이 그랬을 것이다. 힘든 환경에서 태어나 악착같이 살았을 테고, 힘들게 일하고 집에 들어가면 자식들이 밥 달라고 참새새끼마냥 입을 쩍쩍 벌리고 있었을 것이다. 그렇게 우여곡절 끝에 집을 장만했을 테고, 학업에 뒤처지지 않도록 허리가 휘어지도록 우리를 돌봤을 것이다. 검소한 생활이 몸에 뱄을 테고 자식들의 행복을 위해 생을 썼을 것이다. 위로 올려다봤을 때는 몰랐던 것들이 아래로 내려다보기 시작하니까 보이더라. 더 빨리 알지 못해서, 더 일찍 잘해주지 못해서 정말 죄송할 따름이다.

돈 잘 벌어서 효도 하겠다는 나의 말에 부모님이 항상 하시는 말씀이 있다.
"엄마 아빠는 물론 용돈을 받는 것도 좋지만 아들이 시간 내서 함께 산을 걷고, 같이 저녁을 먹고, 주말에 맛있는 거 먹으러 가는 게 제일 큰 행복이고 효도야."

'커서 잘해줘야지. 돈 많이 벌어서 잘해줘야지.' 이건 효도가 아니다. 시간을 함께 보내는 것이 제일 큰 효도다. 지금도 늦었다. 후회하지 않도록 아낌없이 시간을 썼으면 좋겠다.

엄마, 아빠가 이 글을 보고 계실 때 나는 또다시 엄마에게 반찬투정을 하고 있을 테고 아빠한테는 산에 가기 싫다고 "둘이서 가!"라고 하고 있겠지. 하지만 지금은 내가 표현하지 못한 진심과 하지 못했던 말들을 조금 써보려고 해.

나는 정말 눈물이 없는 사람인데 부모님 얘기가 영화나 라디오나 노래에 나오면 울음이 터지고는 해. 그만큼 잘하지 못해서 그렇겠지? 미안한 마음을 모두 쓸 수는 없지만 아들이 항상 미안해하고 또 미안해한다는 것을 알아줬으면 좋겠어. 못난 아들 어디 내놔도 부끄럽지 않게 키워줘서 고마워.

나는 이런 얘기를 하면 눈물이 나지만 엄마 아빠는 그런 나를 보고 웃었으면 좋겠어. 앞으로는 우는 날보다 웃는 날이 많았으면 좋겠어. 항상 건강하게만 지내줘. 엄마 아빠가 해준 것의 배로 더 사랑해줄 테니까.

나의 부모님이라서 미안하고, 나의 부모님이라서 감사합니다. 영원히 사랑합니다.